U0071214

我忍不住大笑

菲律賓‧華文風 叢書 10 （新詩）

和權 著

楊宗翰 主編

【主編序】

在台灣閱讀菲華，讓菲華看見台灣
——出版《菲律賓・華文風》書系的歷史意義

楊宗翰

　　很難想像都到了二十一世紀，台灣還是有許多人對東南亞幾近無知，更缺乏接近與理解的能力。對台灣來說，「東南亞」三個字究竟意味著什麼？大抵不脫蕉風椰雨、廉價勞力、開朗熱情等等；但在這些刻板印象與（略帶貶意的）異國情調之外，台灣人還看得到什麼？說來慚愧，東南亞在台灣，還真的彷彿是一座座「看不見的城市」：多數台灣人都看得見遙遠的美國與歐洲；對東南亞鄰國的認識或知識卻極其貧乏。他們同樣對天母的白皮膚藍眼睛洋人充滿欽羨，卻說什麼都不願意跟星期天聖多福教堂的東南亞朋友打招呼。

　　台灣對東南亞的陌生與無視，不僅止於日常生活，連文化交流部分亦然。二〇〇九年臺北國際書展大張旗鼓設了「泰國館」，以泰國做為本屆書展的主體。這下總算是「看見泰國」了吧？可惜，展場的實際情況卻諷刺地凸顯出臺灣對泰國的所知有限與缺乏好奇。迄今為止，台灣完全沒有培養過專業的泰文翻譯人才。而國際書展中唯一出版的泰文小說，用的還是中國大陸的翻譯。試問：沒有本土的翻譯人才，要如何文化交流？又能夠交

流什麼？沒有真正的交流，台灣人又如何理解或親近東南亞文化？無須諱言，台灣對東南亞的認識這十幾年來都沒有太大進步。台灣對東南亞的理解，層次依然停留在外勞仲介與觀光旅遊——這就是多數台灣人所認識的「東南亞」。

東南亞其實就在你我身邊，但沒人願意正視其存在。台灣人到國外旅遊，遇見裝滿中文招牌的唐人街便倍感親切；但每逢假日，有誰願意去臺北市中山北路靠圓山的「小菲律賓」或同路段靠臺北車站一帶？一旦得面對身邊的東南亞，台灣人通常會選擇「拒絕看見」。拒絕看見他人的存在，也許暫時保衛了自己的純粹性，不過也同時拒絕了體驗異文化的契機。說到底，「拒絕看見」不過是過時的國族主義幽靈（就像曾經喊得震天價響，實則醜陋異常的「大福佬（沙文！）主義」），只會阻礙新世紀台灣人攬鏡面對真實的自己。過往人們常囿於身分上的本質主義，忽略了各民族文化在歷史上多所交融之事實。如果我們一味強調獨特、純粹、傳統與認同，必然會越來越種族主義化，那又如何反對別人採用種族主義的方式來對付我們？與其矇眼「拒絕看見」，不如敞開心胸思考：跟台灣同樣擁有移民和後殖民經驗的東南亞諸國，難道不能讓我們學習到什麼嗎？台灣人刻板印象中的東南亞，究竟跟真實的東南亞距離多遠？而真實的東南亞，又跟同屬南島語系的台灣距離多近？

台灣出版界在二〇〇八年印行顧玉玲《我們》與藍佩嘉《跨國灰姑娘》，為本地讀者重新認識東南亞，跨出了遲來卻十分重要的一步。這兩本以在台外籍勞工生命情境為主題的著作，一本是感性的報導文學，一本是理性的社會學分析，正好互相補足、對比參照。但東南亞當然不是只有輸出勞工，還有在地作家；東

南亞各國除了有泰人菲人馬來人，也包含了老僑新僑甚至早已混血數代的華人。《菲律賓‧華文風》這個書系，就是他們為自己過往的哀樂與榮辱，所留下的寶貴記錄。

　　東南亞何其之大，為何只挑菲律賓？理由很簡單，菲律賓是離台灣最近的國家，這二、三十年來台灣讀者卻對菲華文學最感陌生（諷刺的是：菲律賓華文作家在一九八〇年代以前，一度以台灣作為主要發表園地）。[1]東南亞各國中，以馬來西亞的華文文學最受矚目。光是旅居台灣的作家，就有陳鵬翔、張貴興、李永平、陳大為、鍾怡雯、黃錦樹、張錦忠、林建國等健筆；馬來西亞本地作家更是代有才人、各領風騷，隊伍整齊，好不熱鬧。以今日馬華文學在台出版品的質與量，實在已不宜再說是「邊緣」（筆者便曾撰文提議，《台灣文學史》撰述者應將旅台馬華作家作品載入史冊）；但東南亞其他各國卻沒有這麼幸運，在台灣幾乎等同沒有聲音。沒有聲音，是因為找不到出版渠道，讀者自然無緣欣賞。近年來台灣的文學出版雖已見衰頹但依舊可觀，恐怕很難想像「原來出版發行這麼困難」、「原來華文書店這麼

---

1. 台灣跟菲律賓之間最早的文藝因緣，當屬一九六〇年代學校暑假期間舉辦的「菲華青年文藝講習班」（後改為「菲華文教研習會」）。此後菲國文聯每年從台灣聘請作家來岷講學，包括余光中、覃子豪、紀弦、蓉子等人。一九七二年九月廿一日總統馬可士（Ferdinand Marcos）宣佈全國實施軍事戒嚴法（軍統）之後，所有的華文報社被迫關閉，所有文藝團體也停止活動。後來僥倖獲准運作的媒體亦不敢設立文藝副刊，菲華作家們被迫只能投稿台港等地的文學園地。軍統時期菲華雖無出版機構，但施穎洲編的《菲華小說選》與《菲華散文選》（台北：中華文藝，一九七七）、鄭鴻善編選的《菲華詩選全集》（台北：正中，一九七八）卻順利在台印行面世。八〇年代後期，台灣女詩人張香華亦曾主編菲律賓華文詩選及作品選《玫瑰與坦克》（台北：林白，一九八六）、《茉莉花串》（台北：遠流，一九八八）。

稀少」以及「原來作者真的比讀者還多」——以上所述，皆為東
南亞各國華文圈之實況。或許這群作家的創作未臻圓熟、技藝尚
待磨練，但請記得：一位用心的作家，應該能在跟讀者互動中取
得進步。有高水準的讀者，更能激勵出高水準的作家。讓我們從
《菲律賓‧華文風》這個書系開始，在台灣閱讀菲華文學的過去
與未來，也讓菲華作家看見台灣讀者的存在。

李序

李怡樂

　　菲華詩人和權的第五本詩集，與讀者們見面了。決定此詩集的出版，雖倉卒卻不失慎重。這本詩集不僅收入了和權的大部份精心力作，還有施約翰先生以其深厚的英語修養和高超的譯詩技巧，選譯了和權的幾首好詩。

　　詩人和權的想像力極其豐富，創作取材多樣，信手拈來，一支筆、一張稿紙、一台枱鐘、一串風鈴……都可以是詩人寓情之物，抒發一時的感慨。他的詩，歷來深受廣大讀者的喜愛，賞讀他的作品，領悟其中的內涵，誠然是一種享受。

　　　鞋，已然穿洞
　　　猶兀自
　　　想
　　　縱橫天下
　　　　　　——摘自〈鞋〉

　　讀罷，令人爽心一笑。明寫「鞋」，暗喻人。如何解讀作者的含意，將因人而異。

　　一首詩和幾粒骰子有何關係呢？和權其實是魔術師，在他的筆下：

> 情詩是骰子
> 在妳的心中
> 滾來滾去
> 有時候
> 贏
> 有時候
> 輸
> 　　　　——摘自〈骰子〉

　　妙！既符合骰子的動態，又描繪出接收情詩時，「妳」的心態。簡煉、恰到好處。
　　讀和權的詩，很輕鬆。其文字平白易懂，寓雋永於「平白」之中，正是和權作品的一大特色。

> 黑暗
> 更襯出內心
> 萬丈
> 光芒
> 　　　　——摘自〈停電又怎樣〉

停電，在電源無電的困境下，內心有萬丈光芒，環境黑暗，又奈我何！勇於面對艱苦，敢於奮鬥的精神，躍然紙上。很難掌握的深入淺出的寫法，在詩人的筆下卻應用自如。

　　看到照片
　　我愕然
　　怎麼一家人
　　都容下了
　　　　　　——摘自〈拍照〉

淺白的文字，在天真如童言的詞句背後，隱藏著深深情意，讓讀者慢慢去尋味。

類似表達親情的作品中，〈印泥〉，是堪稱典範的一首好詩。詩中，「我」為了「你」的名字能亮麗「在生命的白紙上」，願意把自己的「心」「血」化作印章和印泥，真情畢露，即使讀者你不是詩中的「你」，也會感覺到於字裏行間，散發出濃濃親情的溫度。

　　親親
　　既然是美麗的名字
　　已鑴刻在
　　我堅硬的
　　心石上
　　總不能有印
　　無泥吧

若是你喜歡
我就用我溫暖的血
做你的印泥
讓你
在生命的白紙上
蓋出
亮麗的
自己

詩人和權的感情相當豐富,對人生的苦難,對現實社會的不平,他一如既往深切關注。

憂思天下,或許
不是癌症一般的
難以治療
只要
伸手取來落日藥丸
就著洶湧的海
暢快地
送下喉嚨

——摘自〈落日藥丸〉

此詩有峰迴路轉之趣。起首,「憂思天下」這種病,似乎有救。只要下重藥,把落日當藥丸吞下——何等宏偉的氣魄!細想之下,詩人與現實社會有著千絲萬縷的聯繫,是個有血有肉的

人，並非不食人間煙火的神仙。他得「憂思天下」之病是必然的，也必定無藥可救。〈樹根與鮮鮑〉、〈老丐〉、〈大地震〉等類型的作品，就是詩人「憂思天下」的具體表現。

詩人在捕捉瞬間掠過的靈感時，出現少數只宜意會，不易言傳的作品。例如：

> 橫逆
> 都不放在心上
> 風鈴
> 其心就是空
> 但全身是
> 口
> 懸於飛簷之下
> 對春風秋風
> 說彌陀
> 對疾風談
> 畢竟空法
> 度一切苦厄
> 叮叮
> 噹噹
> 叮叮噹
>
> ——摘自〈叮叮噹——讀「風鈴偈」有感〉

要欣賞此詩，你要應用視覺觀看——「風鈴」「懸於飛簷之下」；觸覺感受——「春風秋風」「疾風」；聽覺聆聽——「叮

叮噹」，還得開啟你的智慧，理解「風鈴」對不同的「風」以不同的回應。其情景美、樂音美構成這首詩一種奇異美。或許，你可以學習「風鈴」，作為你的處世之道──「『橫逆』都不放在心上」，自問做得到嗎？

　　「鐘」也是一首不易言傳的作品，有人說：「百思不得其解」。張默說：「一首小詩它不必背負太多的真理，祇要能在作者的靈光一閃中，給出一個燦爛而又鮮明的意象，使讀詩的人感動，即為上乘之作。」（談和權的「拍照」）

　　　一鎚下去
　　　將時間擊成粉末

　　　狂笑而去
　　　脊影
　　　斜斜指向夜空
　　　　　　　　──〈鐘〉

　　憑著詩人給出的「鮮明的意象」，讀者可「再創作」，產生賞詩「意會」之樂趣。

　　請把「鐘」視為一個點，受撞擊爆開成億萬粒粉末。把爆開聲想像成「狂笑」，每粒粉末都帶著笑聲，飛奔向夜空之深處。此般意象與宇宙起源的大爆炸，何其相似！此詩前後兩段是個整體，其立體意象之美，只可意會。

　　詩人和權創作了大量的短詩，文字準確、精煉；動與靜的對比，虛與實的意象處理得天衣無縫；意在言外，令人尋味。如

「橘子的話」、「蝦」、「蟹」、「紹興酒」等等，早已膾炙人口，有仿製品不足為奇。

　　無論古詩、現代詩，筆者偏愛詠物詩。詩人和權的詠物詩，幾乎都是很優秀的示範。在靜室中，泡一壺上等的香片，細細賞析和權的詩，時而感嘆，時而驚喜，偶而醒悟，拍案叫絕，無疑的是非常愜意！

　　　　　　　　　　二〇〇九年九月於菲律賓

自序

　　十五歲開始寫詩。一九八六年，台灣林白出版社出版了我的詩集《橘子的話》，數年後，台灣華曄出版社又印行了我的第二冊詩集《你是否撫觸到衣襟上被親吻的痕跡》（這個書名是出版社代擬的，不敢掠美）。隔年，菲律賓現代詩研究會又出版了我的第三冊詩集《落日藥丸》。二〇〇一年，大陸鷺江出版社出版《和權文集》。爾今，又有機會在台出版詩集，令人深覺欣喜──一個土生土長的華僑，有機會在國內國外出版多本冷門詩集，怎能不滿心歡喜！

　　為了謀取生計，我們的先人遠涉重洋，飄泊於異域，他們難免滿腹辛酸，思鄉懷遠，而常常抒發懷抱於詩章。我雖是第三、四代的華裔，但，也像許多先人一樣，不忘祖國悠久文化的發煌。數十年來，除了執著創作外，對菲華文運的推展也投入棉薄之力。

　　我的幾本詩集，在題材上可能有海外獨具的詩思和詩情，在形式上也可能有我個人的語言和風貌，但，由於中華文化的臍帶無法切斷，詩中仍然可以聽到長江黃河滔滔滾滾奔流的聲音。

　　我以廣義的人道主義為思想基礎。我深信詩人須有善良的心地，也須有闊大的思想境界，才能創作出感人肺腑或給人以美的感受的燦爛詩篇。

　　所謂「詩品出於人品」，詩人的思想和人格，對詩作實有至大份量的意義。

　　詩無定義，不過，每一位詩人都有他自己的「詩觀」。我認為，構成一首好詩，最起碼的條件，應是思想內容清新，情感真摯、強烈、深刻，同時又是合於善的法式的。

　　如果說，我詩中有什麼「主調」的話，那麼，它應是對苦難人生的悲憫、對貧富對立的厭煩、對親人的愛戀，以及對戰爭的憎惡惱恨。

　　著名詩評家李元洛先生曾經溢美說：「除了簡潔凝煉外，和權的詩作還能在淺易與艱奧之間作適度調整，力求一種中和之美……既是新穎的，又是可以理解的，簡潔明朗與含蓄雋永一爐而煉。」讀者諸君或可在我的幾本詩集中，印證李元洛先生的話，同時印證我的「詩觀」吧。

　　我深知寫詩是一種至為孤寂的事業，而塵世上那些真正的詩人，都是在「地平線」不斷推移的莽莽荒原上，頂著「如焚的烈日」，頂著「幽冷的山月」勇邁地獨行的旅人。我樂意做這種獨行的旅人。

目　次

113　第三輯　老　丐

161　第四輯　叮叮噹

■ 024

第一輯

落日藥丸

我忍不住大笑

落日
對着
一大群人圍觀的講台

講台上捏拳的演說者
說得連公園裏的椰樹
　　　都不停點頭

假如海灣的落日
是我睜開的一隻眼睛
嘩然的海浪
便是我忍不住的大笑

一九八六年，台灣《藍星》第七號

詩二首

怒　火

為不平
胸中昇騰的
氣忿
漸熄

但，一言一語
猶熱
足以
溫暖人間

面　盆

愈照
鏡子愈像
面盆

終於發現面盆裏
盛滿
哭聲

滿園的小白花
——參觀麥堅利堡有感

插在墓園裏
是旗桿上的星條旗
佔領了偌大的草場
還是十字架一座座
白色的小花
佔領了星條旗

槍聲與炮聲
已然沉寂成種子
埋在墓園裏
又萌芽　開花於
湄公河畔

又將
開遍浩瀚的沙漠嗎

槍聲結的果實
炮聲結的果實
是正義
還是醜惡
是勳章
還是十字架

而十字架一直在繁殖
於東方　於西方
於北方　於南方
能不能繁殖出
人類永恆的
和平

與

安寧

一九九一年元月三日，菲律賓《菲華文藝》副刊

【註】第二次世界大戰期間，三萬多美軍在太平洋地區戰死，其中一萬
七千有骸骨者以十字架刻名成等距，安葬於菲律賓馬尼拉市郊的一
處墳場，即「麥堅利堡」。

大　笑

波斯灣滔天的白浪
轟轟隆隆
笑不停

笑
不准離境的
貴賓
笑
有多少正義哪
就有多少槍炮
笑
整個世界
是光明了
在熊熊的戰火中

原載台灣《中國時報》副刊

樹根與鮮鮑

在遙遠的非洲
他們以皮包骨的手
在沙土裏翻找
樹根

在馬尼拉
我們以銀叉銀匙
在碟子裏挑揀
鮮鮑

一九八五年十月十五日，台灣《聯合報》副刊

計　數

童年時
不止一次
伸手計數：
花園裏
跳上跳下
啁啾的雀鳥

現在
不止一次
用心計數：
熒光幕上
僵肢仆地
無聲的軀體

一九八七年二月十九日，美國《華僑日報》副刊

【後記】一九八七年元月下旬，菲國激進農民組織萬人在街頭遊行示威，並企圖攻佔馬拉坎南宮。遊行隊伍在岷樓拉橋遭遇軍警，發生血案，被搶擊而喪命者共計十七人。我在電視新聞上看到「血腥鏡頭」，心中戚戚，故寫這首小詩。

找不到花

在車馬喧嘩的街道
在大廈與大廈之間
堅持地翩翩翻飛，一只鳳蝶
依然舞姿輕逸
色彩
分明

很愛屏神傾聽
樹林的悄悄話，很愛
聞那濕草場的氣息
很愛那寧謐的河岸
開得一片遮地的繁花

但原野已經消失
樓房迅速地成長延伸
在此翻飛，找不到花
左右是牆壁

上面是熾熱的驕陽
下面是焦灼的馬路
那些泛香的花呢？
那些紅玫瑰黃玫瑰
藍玫瑰呢？

一九八九年，香港《文學世界》第五期

觀　棋

兩軍對峙

分裂的疆土
滿佈陷阱
隱伏殺機
紛爭肇因於不同的
色彩

圍觀者
熱血沸騰
或支持紅方
或擁護黑方
冷眼
瞅着
精神緊張的
觀棋者
不禁自問：

我們需要
楚河漢界？
我們需要
鬥爭？

一九八八年，香港《文學報》第二期

登王城

迎目是
統治者傾圯的高墻
古老的城堡啊
古老的炮台

西班牙人
留下的羞恥
這一磚一石
在微曦中
黎剎，以鮮血
滌洗三百年的污穢
而城堡裏
獄室森冷的鐵枝
囚禁不了
一行行的詩句

倫禮沓
青翠的草地上
詩人在槍聲中
昂首
成為一座閃亮的銅像
宣告世界──
夜色一樣的極權
任城堡再堅固
也保不住

站在城上
只想問：
那一排子彈的呼嘯
激起巴石河
多少起伏的浪波？

一九八六年

【註】西班牙曾經統治菲律賓三百年，在巴石河畔建立王城，現為馬尼拉遊覽勝地。菲國民族英雄扶西·黎剎在軍事法庭被告以：一、創立非法之組織。二、煽動反叛。一八九六年十二月二十九日，詩人黎剎在王城的獄室寫下聞名的愛國詩《最後的訣別》，並暗藏於酒精爐，交給探獄的妹妹。翌日，即在兵士的押送下赴倫禮沓就刑。

槍

砰！雁落下來
砰！鹿倒下來
砰！人躺下來

山坡，野地
街道，巷子
喀嚓喀嚓
舉槍的人
什麼都看得見
就是不會發現
瞄準鏡裏
那具赫然的
十字架

一九八七年，台灣《藍星》第十三號
一九八八年，香港《當代詩壇》第四期

大與小

真大啊
祖國的土地

五嶽容下了
長江黃河容下了
萬里長城也容下了

何以竟容不下幾枝
禿筆？

一九八九年，美國《華僑日報》副刊

和平的步履

時近時遠
炮彈的呼嘯
未曾停止

而和平呢？
啊只有
在一片血跡中
你才能看見
和平
蹣跚的
步履

一九九六年，台灣《詩葉》

迷　惑

一黃一白
兩個洋娃娃
站在玻璃櫃裏
臉上沒有表情

留學回國後
我發覺　洋娃娃
臉上竟似
起了變化：
白膚的
意氣昂揚
黃膚的
神情畏蒽

一九八八年，台灣《創世紀》

眼中的燈
——給扶西・黎剎

銅像啊
你不要悲傷

現今
受到炸彈震撼的
美麗島嶼
依然是青草如夢
　　　茉莉花香

你不要悲傷
大停電時
窗內有羅曼蒂克的
燭光　巴士停駛時
窗外有蹄聲嗒嗒的
馬車

若是
超級市場　已然不見——
甜美的舶來水果的
蹤影　那小攤
仍會展現熟透了的
土產的
芒果　香蕉
木瓜　鳳梨

你不要悲傷難過

颱風吹毀了
千萬幢鋅片搭成的
住宅　卻是
吹毀不了一雙雙粗壯
有力的赤手

你不要悲傷難過

在冰冷的雨聲中
在暗夜裏　必然有人

不能安眠地像你：
點燃了
眼中的燈
靜靜地　默默地
亮着
關愛

一九九一年三月七日，台灣《自立早報》副刊

【註】扶西‧黎剎，是菲律賓民族英雄、詩人。他的銅像立於馬尼拉倫禮
　　　沓公園，即西班牙統治者槍斃他的原地。

鈔 票

印在鈔票上
小小的數字
你我都看得清楚

儘管
鈔票上的人面
比數字還大
那智慧的雙目
炯炯有神
那端正的慈容
憂思天下
在吾人
眼都沒眨的
計算鈔票時
仍然是
看不見的

一九九○年二月二十七日，菲律賓《耕園》副刊

路

放眼天下
縱縱橫橫那許多路
非路

將領們清楚

倒臥在沙場上
百萬人
恐懼和絕望的
哀號　才是
惟一的路
通向
光榮

將領們明白

一九九一年，台灣《笠》第一六三期

路（之二）

延伸的街道
是長長的鏈子啊
一端緊鎖著
老家
一端緊鎖著

思念

一九九一年，《創世紀》第八十六期

月　光

你說
有朝一日
滿頭亂髮
將白成茫茫的
月光

詩人啊
我且問你
月光
將照明什麼？
是玫瑰般芳美的
盟誓
還是謊言
是橫刀的英雄
還是狗熊
是聳拔的瓊樓
還是斷垣

是亙古到今的岑寂
還是短短百年
的
悲情

一九九五年

歷史的樂譜

一．

以琵琶彈
或以洞簫吹
那音律
都是如泣
如訴的
都一樣使人傷悲

啊，多少鐵馬
與金戈
多少骸骨白
多少鳥驚心
多少花濺淚
才集成
一卷歷史的樂譜呢？

二.

以琵琶彈
或以洞簫吹
那音律
都是如泣
如訴的
都一樣使人傷悲

今夜
酒入豪腸
血滾沸，你
歌着哭着笑着
抓起筆來
竟想
改寫歷史的樂譜嗎？

一九九四年

中秋月

怎能切下呢
黃月淒美
我對着飄香的月餅
舉刀

想着這一刀
會是戰亂
切開了親情嗎
會是流離
切開了幸福嗎
會是老、病
切開了青春嗎
會是死亡
切開了相依的日子嗎

切下吧　切下吧
也許這一刀

竟奇跡般
把那輪懸掛於心中
慈光普照的
月
切得更圓
更亮

原載菲律賓《耕園》副刊

那一年的事

抬頭久久
滿天的星子何其燦亮
三十年後，我們
或會慨嘆：
如今
連瞟一眼
夜空的星子
也得付款
或會緬懷往昔的日子：
往昔，我們毋須破費分毫
看吐蕊的花枝
看冉冉的白雲
看湖泊瀑布
看朝霞夕暉

潮濕的鐘聲

星星是
夜的簾幕上
無數個小洞
諸多天國的人哪
就躲在那低垂的黑幕後
窺視着
塵凡的
悲劇

我彷彿聽見輕微的哀嘆
似一縷潮濕的鐘聲

一九九三年，菲律賓《萬象》

好　冷

什麼時候
飄落的雪片
已覆在額上
好冷好冷

好冷好冷
你的臉風霜如斯

好冷好冷
暗香浮動
啊，是心頭的梅花
梅花千樹
紛紛然
綻放

一九九五年，香港《當代詩壇》

落日藥丸

憂思天下，或許
不是癌症一般的
難以治療
只要
伸手取來落日藥丸
就着洶湧的海
暢快地
送下喉嚨

一九九〇年，台灣《聯合報》副刊

第二輯

微　笑

刻　印

親親
你是小刀
以情愛
鈎我劃我剜我

傷痛之後
冰涼的
心石上
赫然一個名字
那麼深刻
美麗

一九九三年，菲律賓《萬象》
台灣《中央日報》副刊

印　泥

親親
既然是美麗的名字
已鐫刻在
我堅硬的
心石上
總不能有印
無泥吧

若是你喜歡
我就用我溫暖的血
做你的印泥
讓你
在生命的白紙上
蓋出
亮麗的
自己

一九九三年，菲律賓《萬象》

台灣《中央日報》副刊

讓　你

讓你
雙眼溫潤

讓你
靠在胸前

啊讓你傾聽
這心頭
萬丈老松的
嘯吟
晝夜不停，響徹
雲霄的悲號

讓你
雙眼溫潤

讓你
靠在胸前

一九九七年，菲律賓《萬象》

給女兒

贈你，一座鋼琴

要你明白

每一光潔的琴鍵

無不是美好的日子

要你勤習樂理

分清黑白

要你諳練、靜修

起落有序地

在長長的鍵盤上

輕、重、徐、疾

鍵鍵鏗鏘

彈奏和諧樂音

一九八四年，台灣《中華日報》副刊

彩筆與詩集

我是小女兒
書包裹的
一盒彩筆
她可以隨意
繪出
心中想要的
景緻

小女兒是我
書台上的
一本詩集
讀了千百遍
發現
愈讀愈有
味

一九八五年，台灣《中華日報》副刊

我的女兒
——贈女兒潔寧二歲生日

小女兒來自上帝的懷抱
　　辮絲兩條
　　洋娃娃一個
喜歡坐在石階上
　　派發不懂世故的幼稚
　　揮霍了無牽掛的嬉笑
我在羈旅中的慾望之塵垢
便在嬉笑的漩渦中滌淨

女兒的容貌是
輝煌的陽光染紅的大海
成天映照着一道絢麗的
　　寵愛之長虹
我願與海終日對坐
看她的瑰麗多變
看她輕輕撩亂了雲端

偶爾自那深深的雙眼中
激盪出一陣陣童真的波濤
那波濤呵，一高興就踮着腳
上岸
在我這遼闊的心靈之海濱
飛舞，漫步
且印下千年的足跡

一九八一年

上帝的兒女

夜深深，神殿裏
一盞搖晃的琉璃燈
依然亮着
而天使在牆上
看着一排排長椅
房中
牧師的身上蓋着棉被
安詳地在柔軟的床上
睡着了
教堂外，燈已熄了
雨在地上鼓噪
風也在鋅片上悲泣
屋簷下
瑟縮於牆角的女丐
披着破爛的布條
懷裏，靜悄悄的

她的嬰兒也舒適地
睡着了

一九八五年，台灣《藍星》第五號

微　笑

喜歡微笑的小女兒
　長大時，面容定是
　如花的舒展

若是偶然嚛淚
定是追念往日
依傍父親
以為依傍着
不會傾圮的柱石

一九八五年，台灣《藍星》第九號

馬車上

帶着兒子乘馬車
在崎嶇的唐人街
搖來擺去
輕聲唱歌

得得兜了一圈
馬車，抵達寓所時
高高在上的兒子
嚷着要繼續下去
又兜了一圈
這次，兒子啊
搖搖頭
仍拒絕下車

我不禁大笑：
乖乖
你也妄想
永遠坐在上面？

防波堤
——獻給母親

日夕對着

翻翻滾滾

不斷淹蓋過來

冷酷沖擊的

浪濤

堅定地

守在那裏

什麼也不說

什麼也不說

忍受着

一己的孤獨

浪沫侵蝕的疼痛

抵御

整個海的

洶湧

忍受復忍受
堤後
青青草地
漸漸長出
一列列椰樹
以及纍纍
甜蜜的
果實

一九八四年，台灣《笠》第一一九期

拍　照

笑着對妻說：
不必拍了
你的底片
容不下整個的我

看到照片
我愕然：
怎麼一家人
都容下了

一九八五年，《藍星》第四號

多情的鞋
——讀新加坡詩人梁鉞的〈鞋〉有感

明知
這一片淺灘
浪潮一上岸呀
每個鞋印
都留不下來

多情的鞋
仍然堅持
深深深深地
踩下

一九八六年

縫紉機

肌腱和筋骨
軋軋響動起來
二十四小時
不停地操作
將心血，纖纖的
織成一件件
精美的衣衫

登高山
長途跋涉
豈能沒有你
縫造的鞋

毒花花的
炎陽下
豈能沒有你
製成的帽

上床時
蚊子，赫赫地
輪番來襲
又豈能沒有你
針縫的紗帳
直到今天
作了父親
方才領悟
縫紉機
生產的

是愛

一九八二年

除夕・煙花
——給妻

從教堂出來

黑暗的天宇花園綻開着

一朵朵美麗

此刻你低下頭

那纖手伸出許多疼惜

　　　　　許多柔情

　　　　　許多慈愛

輕輕撫摸着乞討的

　　　　　小女孩

在涼夜裏

你也好看成一朵舒放光彩

亮麗的

煙花

如果說

今晚　芸芸眾生都好看成

千萬朵煙花
萬千朵煙花
上帝　他也會
看呆嗎

一九九二年

微笑（之二）

只要一想及：

饑餓，病痛

衰老，貧窮

憂鬱，難過與傷心

統統縛起來

以一根粗大的

天地線

縛起來

然後使勁地掄圈

使勁地

拋向遙遙遠遠

黝黝暗暗的

外太空

我忍不住嘴角露出，一朵

微笑

一九九八年，香港《詩》第四十期

甘　蔗
──獻給母親

甘蔗
沒有纍纍的果實
沒有鮮艷的花朵

被砍後
放進榨汁機
一榨再榨
汩汩流出
甜美無比的汁液

渴汁的人
幾個記得
乾癟了的
甘蔗？

一九八三年

飯　鍋

煮了數十年
母親的飯鍋
終於煮大了我的
肢體

青春的火種
熠熠燃盡了
我瞥見
飯鍋上的裂痕
母親面龐上的皺紋
莊嚴地
雙手捧起飯鍋
吻着它
把它
擺放在心頭

如是
我用一生包裹住
那股濃濃的
飯香

一九八三年，台灣《陽光小集》

鍋 鏟

打完

太極拳

鬆了一口氣

之後深深的呼吸

突然

吸進一股焦味

匆匆奔向廚房

乍見母親佝僂的身影

彎成一把

黏滿油垢的

鍋鏟

而且端出了

一盤燒焦的

歲月

一九八二年

魚

妻說
莫以為
鏡面是一池靜水
驀然　破水而出的
魚
會潛入你的眼尾
我哈哈大笑
說不定
魚兒
反倒躍入水中

一九九七年，台灣《創世紀》

黃昏過倫禮沓公園
——贈徐望雲

青翠的草地上
那一排
槍斃扶西·黎剎的兵士
不見了
槍聲仍在
砰　砰　砰
震出遊客滿臉的
驚愕與茫然

夕照中
挺立的銅像
猜想你：
也許理解
流淌的鮮血
如何洗清三百年的

羞恥　如何
使土地潔淨　天空晴明

也猜想你：
知道
冷冷的銅像
正忍着
兩三滴忍不住的淚

【註】一八九六年十二月三十日拂曉，菲律賓民族英雄扶西·黎剎（Jose
　　　Rizal）在岷市倫禮沓公園（Luneta Park）遭西班牙統治者槍決就
　　　義。銅像立於美麗的公園。詩人徐望雲於一九九二年元月十五日來
　　　岷，正值菲國大選期間的開始，治安敗壞，缺水停電，民生困苦，
　　　槍響不絕於耳。

詩
——給垂明

輕聲問你
什麼是詩

你含笑不答
只睇着
屋蓋上
一對依偎的
鴿子

一九九〇年，香港《文學報》

詩（之二）

燈下捧讀

扶西・黎剎的絕命詩

啊，這詩

比盈眶的淚水更真

比炸山的火藥強烈

比天上的黑洞，還要深邃

死後

誰能令整個世界

如是，唉，如是

驚嘆着

他的一生？

一九九〇年，台灣《笠》第一五八期

傘

看到小女兒的身影
在斜路上越拉越長
趕忙趨前，以洋傘
擋住烈日

拐出街角
影子又跟蹤於
另一側
女兒呀！小小的洋傘
如何遮得住
日漸長大的你

一九八四年，台灣《葡萄園》第七號

肩　膀

在我人生的盡頭
有容顏慈悲的
接引佛

在你人生的盡頭
無佛
卻有我寬大的
肩膀
繼續讓你
躺，一躺千年
繼續讓你
靠，一靠
萬年

千世輪迴之後

你走後
一棵棵白楊
都瘦了
月亮
每晚都很寂寞

然而
墓碑僅僅是
一扇門
悄然把你
把你落淚含笑
的面容
關入我的心中
直到
千世輪迴
之後

一九九四年，清明寫於菲京

詩千首
──贈林泉

偽鈔滿天飛

你的
詩　卻耀眼成
一枚枚
銀幣　金幣
存入歲月的銀行
孿生的利息是
時光
而你的聲名是存款薄
嗯　儲着
寂寞
儲着情
儲着愛

偽鈔滿天飛

黃 山

——贈王禮溥先生

路迢迢
你，數度造訪黃山
原是想
搬動它啊

那蒼茫雲海
那夕照、歸鳥
那松樹柏樹
那鬱鬱青青的
崇山
全搬入宣紙的世界
搬入你的方寸

聽着聽着
山泉的琴韻
似有似無

望着望着
呼呼的山風
竟撲面吹來了

銅琶・鐵板・雕刀
——紀念林泥水先生

一．

你是銅琵琶
彈開來
便彈出祖國的大山大水
　彈出震耳的炮聲
　彈出太陽旗
　　　防空洞
　　　　血刀
　　　　腳鐐

你是鐵綽板
敲開來
便敲出一輪華僑的月
月在中天

照窗口的鄉愁
照滿街的饑餓
照遍地的憂患
　　與苦難

二.

你是一把雕刀
曾在此不懈地
　　　　雕
　　　　　龍
即使是朽木
　　也要雕它
　　　　　成
　　　　　　龍
如今
疲累的雕刀已入睡
夢見
騰空的龍子龍孫
　　　　　　與雲
　　　　　佈雨

一九九二年，台灣《世界論壇報》第十六期

【註】林泥水，菲華著名作家。著有多幕劇、獨幕劇多種，並有短篇小說
　　　集《恍惚的夜晚》問世。其人一生提倡「僑民文學」，於一九九一
　　　年十二月二十九日因病去世。

停　電

摸到了
一根蠟燭

火柴呢？
父親的臉
一閃即逝

一九八七年

噴射機
——紀念王若

轟轟地
飛起雄心
在異鄉的天空
你不斷地騰升
飛得又高又遠

遠逝了　仍然
有迴蕩的音響　有你
一瞬間
留　黝藍的天空
一道雪白的軌跡

飛絕之後
方圓數千里

所有的耳　仍然在聽
所有的眼　仍然在看

【註】王若，本名王國棟，菲華名詩人，耕園文藝社創始人之一，《菲華
文壇》季刊發起人之一，曾任耕園文藝社社長，其人一生對菲華文
藝活動推行不遺餘力，於一九八五年二月間因疾棄世。

哭夏默

你走了嗎？
給你所疼愛的女兒
留下山巒般沉重的
哀思？

而且
留下你對坎坷世道的
怒火
在我心中燃燒
倘若燒毀了
黑暗的天幕
會瞧見
踽踽獨行的
人嗎？
會瞧見你那含蓄的笑容嗎？
如果是兄弟

你走得愈遠
逾近

一九九九年

隔水天涯
——致李元洛

落滿一地，橘子
在你隔水的天涯
散發着縹緲的
清香。清香你是聞到了
可未曾品嚐。是否知曉
大陸之外橘子的滋味
是什麼？

凡有山水的地方就有
橘
就有寄居的辛酸
就有變革的辛酸
就有多颱風的日子
底辛酸
就有夜驚冷魘的辛酸
就有萎縮枯槁的辛酸

就有難以好好渡過中秋

底辛酸

就有楞楞地

北望的辛酸

就有滿腹啊滿腹

你品嚐不到的酸澀汁液

問你

踰越了

諸峰與大洋

橘

如何恢復

原來的甘甜？

問你

江山仍是以前那麼多嬌嗎？

同胞仍從斜陽裏

荷鋤挑擔回來嗎？

情侶仍是在公園

閑閑步月嗎？

老人仍是在鳥聲喧噪

早晨的霧靄裏

演練太極拳嗎？

湖畔也仍聽得見　乃櫓聲嗎？

黃河之水長江之水也仍

母親一般

輕輕悄悄、悄悄輕輕

哼着歌嗎？

一十八九年四月，台灣《幼獅文藝》第四二四期

第三輯

老　丐

怨 婦

灰雲
在微寒的池塘上
散佈着
濃濃的愁思

沒人辨識
西飛的雁
是挽留不住的心
只聽到枝葉的輕唱
只見到黃昏
迅速地陰暗下來

一九八七年，台灣《創世紀》第七十期

胸中山水

從筆桿中
搖出胸中崢嶸的山
　　　翻滾的水

有氣魄
就有高崗飛瀉的瀑布
有豪情
就有干雲的古松
有憂慮
就有峭壁滿佈的青苔
有悲憫
就有微暗的天色
有愛啊有愛
就有峰頂上
珠圓的月亮

只是
那一帖胸中的山水
任筆力如何蒼勁
也僅能使寥寥幾人
多看
一眼

一九八八年，台灣《文訊雜誌》第三十九期

老 丐

清晨
遠天冷冷地
翻着白眼

蹲在墻腳下
無人理睬的狗尾草
葉上瑩瑩的露珠
凝聚着
昨夜的冷冽

一九八七年，台灣《創世紀》第七十期

詩　人

詩人們

環坐在樹下

一壁喝酒，一壁

爭辯國事

繼之以

給詩下定義

我一回首

看到了

溪流的喋喋

袒裸胸中的沙石

一九八七年，台灣《文星論壇》第一〇九期

琉璃佛

笑口大開
金光閃閃的琉璃佛
擺在桌上
猶如擺在心中

猶如擺在心中
笑，自性的
千百億化身
笑，今日的滄海
　　明日的桑田
笑，什麼也沒有這世界
除了悲，除了苦
和愴然欲下的
涕淚

葉　子

風乍起

輕易把金黃的葉子
吹走了

唉唉，葉子
很
薄

如
情

一九九五年，香港《當代詩壇》

大　鐘

一再被撞擊
我是一口青銅鑄成的
巨鐘
當愛和詩
輕輕叩擊
我就低聲回應

當苦難與悲愴
迎面撞擊
我就回應以清脆的聲音
讓悠揚之音
久久地迴盪

更多的時候
我沉默
用破寸心
而迸發的沉默

用響澈九霄的
沉默
來回應
人間不平對我的重重撞擊

二〇〇〇年，台灣《聯合報》副刊

望遠鏡裏

望過去
顛簸在水面上
那隻帆船
翻來覆去地說：是我
搖起了
滿海銀花

再望過去
夜空，像曠野
流星正惶急地
一路飛奔，一路
嘶喊：
光呢……

一九八七年，台灣《創世紀》第七十二期

熱水瓶

站在這裏，遲遲
不讓胸中的炙熱
變冷
你們確實看不見我的滾燙，除非
拔開瓶塞
讓我的熱情騰騰上升
倒出
透明的愛
坦然無隱地
注你們以滿杯的溫暖

一九八五年，台灣《藍星》第五號

歲 月

窗
開向夜空
慘淡
的光
流瀉下來
蠕動着
爬進室內
攀上我的床
密密麻麻地
摸黑來犯
我狼狽地掙扎
逼出一聲淒厲已極
的喊叫
猛驚醒
但覺頭皮癢癢地
於是跟跟蹌蹌
跌到鏡前

赫然
見到蠕蠕而動的光
已化作
一根根白髮

一九八三年

冰

是因為冷和硬
才透明的麼？

我暗地融化
為水
讓你看清楚
流動的我
仍是一樣的
透明

一九八九年，新加坡《五月詩刊》第十二期
一九八九年十二月六日，菲律賓《世界日報》副刊

玫瑰花

黃昏
雨斜飛

一串風鈴

滿園的紅玫瑰
叮噹響

一九九八年，菲律賓《萬象》

刻　玉

輕摩璞玉
想把它雕成
一隻
齒牙森森，巨瞳
冷凝着青光的
狼

再三把玩
還是將它雕成
睥視大千世界
拈花
微笑的
佛

一九八六年十一月七日，台灣《聯合報》副刊

路 標

一首詩
一座路標

路標
指引你
走出摩天樓的陰影
走出整座城的喧嚷
指引你
進入青綠的山麓
進入飛花落葉間
進入緩緩飄升的雲霧中
雲霧中
那湖畔
一燈熒然的
小小
木屋

一輪旭日般的佛意

黎明
聖母院低迴的鐘聲
呼醒了安詳
呼醒了寧謐
呼醒了微笑
呼醒了欣喜

假如你和我
以溫馨　以劈劈啪啪
在骨節內燃燒的熾烈
把胸中那一尊尊大炮
鑄造成為鍍金的
齊齊奏出悠揚樂音的
鐘
不知道綿綿的天籟啊天籟
是否也會
呼醒

一輪旭日般的
佛意

一九九一年

空罐頭

從高樓的窗口
被丟下土堆，一個
生鏽而
腹中空空的
空罐頭
驚喜欲狂
自以為是
昂立於
泰山之
頂

一九八八年一月十六日，美國《華僑日報》副刊

針

忘了縫衣婦
那麼乾枯的面貌
那麼嶙峋的十指

你是她手中
一枚小小的針
因
完成了
千百件精美的衣裳
閃耀着
驕矜之光。深覺得
自己
是全世界
注目的焦點

一九八六年，台灣《工商日報·春秋小集》

衣 架

着了華裳
風一掠，便
晃蕩起來了

就怕街上的人
盡是搖搖擺擺的
衣架
沒有手足
沒有面容

而我呢
攬鏡子，驟驚
竟也是衣架一個

一九八三年，台灣《笠》

快樂鳥

啊　請用

絲絲的痛苦

綿綿的哀傷

編織成

天羅地網

如果

你也想捕捉

翱翔於無邊蒼茫的

快樂

公　雞

當真以為
是聲聲嘹亮的
長啼
使得天下驟然光明了起來
公雞
翹起比頭更高
的屁股
對着東方
一輪
笑盈盈的
旭日

晚 霞

小女兒說：
看哪
冰淇淋溶了

妻
輕聲說：
醉人的愛情，慢慢地
褪色了

我不忍說什麼
看見
四處飛濺的
血
射入天空
染紅了白雲
我不忍說什麼

一九八九年，台灣《藍星》

澄清的心

靜靜地
在草葉上抖動
一顆小露珠
映着星光

點亮了
茫茫夜空

一九八九年，新加坡《五月》第十二期

鐘

一鎚下去
將時間擊成粉末

狂笑而去
脊影
斜斜指向夜空

一九八三年

崖　谷

知道古松
滿心悲憫
拼命地伸長枯臂
想撕下半個太陽
好在昏夜裏，貼於
高空

溪水激動不已
眼看，啊，世間
越來越黑暗了
卻只能躺在那兒
不住
嗚咽

一九八七年，美國《華僑日報》副刊

家
——只能慰妳以詩

憑着酒後的
豪邁
牽妳的手
回去

推開門
大大小小許多床
哪一張　唉
是屬於妳的
其實不回家
也是一樣的

妳的舞　我的酒
相逢的地方
就是家了

一九八四年

夜 行

錯亂的腳步
帶你走的
何止是
彎曲的路

迷惘的眼
陪你看的
何止是
半蝕的月

過了今夜
當忘記　誰帶你
把沿途的景緻
走得如是淒美

過了今夜
不要問

這張臉　是否
也如三更天
寒意濃濃

一九八四年

三閭大夫

長嘯之後
一躍
湘水
已是你悠悠的歲月

太史公怎知
傲骨不死
二千多年後
你，兀自華髮飄飄
齒音清脆的
在汨羅吟着《楚辭》
歌着《離騷》

我
每一深呼吸
皆聞到那芬芳
那是，你的名字

附着每一瓣花
順流而下，自古代
到現今，自祖國到海外
到更遙遠的西岸

就是西岸
也有龍舟、鼓聲
也有艾草與菖蒲
也有竟夕，聽你悲吟的子孫

一九八五年，《藍星》第四號

地平線

迷我
惑我：你是
等我走近的地平線？

踏涉了千里萬里
離你卻一樣遠
究竟
要走多少晨昏啊我
仍執意繼續
在飛沙中，在暴雨中
在烈日如焚的荒徑
在星光下的曠野
獨行

此刻，與地平線遙遙相對
縱我的心

已冷如升起的山月
我仍獨行

一九八六年

水　跡

中年似火
把結冰的傲骨
轉化為
柔柔的溪水
起起
落落
蜿蜒流逝

伸手一探
空間
猶有水迹

一九八五年，台灣《藍星》第九號

源

別說
在我的詩行裏
只有冷冷的水聲

你若想知道
請溯流而上
我是那透明的白練千丈
那永不乾涸的
源頭

一九九二年

上碧瑤

年紀一長
腰幹
怎的愈來愈難
撐直

含愁的眼
只能久久凝注着
山巒上　一株株
神態傲然
愈長愈挺拔的
老松

只能殷望
成為樹族
緊緊地攫住
一塊疆域
長出　豎直

萬丈凌雲的
軀幹

一九八四年，《菲華文壇》第二期

梯

黃昏，木梯上
我清理水槽的穢物
絢爛的夕暉
在油漆屋頂

門前，樹下
小女兒翹首
在石階上攀爬
纖細的肢體
在陰影中顯得多麼軟弱
而石階平滑
一級比一級陡斜
令我驚覺
一路攀登上來的
我，也是
搖晃不穩

抓着梯架
俯視小女兒
我想，應該趕快下去
牽着她，越過
一級一級的石階

一九八六年，《台灣詩》第八號

有　感

像吐口水
擦亮皮鞋
如今，鈔票也可以
擦亮詩名或
文名

像米田共
招引蒼蠅
如今，鈔票也可以
招引評論家
日日歌頌

唉唉！
你用空白的稿紙說：
詩，不提也罷！

一九九八年，香港《詩》第四十期

尺

忙碌間
大妹嘀咕着
她的青春
越量越短了

我想，她又胡說
這鐵尺
應是越量越準

一九八三年，台灣《笠》

停電又怎樣

黑暗
更襯出內心
萬丈
光芒

二〇〇九年

月光石

雕成了

觀音墜子

之後

我的心

也就映照於

黝暗的天宇

明月啊明月

夜夜

散發着

柔和的

慈

光

二〇〇九年

第四輯

叮叮噹

炭

黑暗的日子
醜陋的人生
化成了
你心中的
炭

燃燒啊燃燒
詩人
讓每一行每一句
都升騰起鮮艷的
火焰

一九九六年

游　泳

年輕時
游泳，就像
一尾盲目的魚
勇猛向前
闖

泅入中年
仰臥水中
和月色一樣冷
一樣靜
隨着思潮
沉浮
進退

此刻，頓悟
游泳最高的境界
是靜止——下沉

台灣《創世紀》第六十八期

游　泳（之二）

四肢撥水
游行間，隱聞
池畔
有人鼓掌
有人喝彩

浮沉了半生
隨波逐流
有時，仍不免懷疑：
我的自由式
是否正確？

一九八五年，《藍星》第九號

葉　落

一場夜雨後
河流
被黃葉的墜落聲
驚醒

葉落紛紛
轟然着地
因為
心中裝載了
春泥夢

一九九三年，台灣《創世紀》

鞋

一路走來
鞋子
不繼擦碰
有稜有角的
沙
石

鞋，已然穿洞
猶兀自
想
縱橫天下

一九八三年

忘憂石

無人知曉
六千四百萬年前
是如何來到地球的
一顆綠色的隕石
如何小小的體積裏面
蘊藏有極大能量
就像小腦袋蘊藏着
百怪千奇的想法一般
爾今，它垂掛在我的胸前
釋放肝部的負能量
清除我的疲勞
和憂鬱

它垂掛在我的胸前
埋頭沉思，有點憂鬱
啊啊
若是它的身體不舒服

誰能釋放它的負能量
清除它的疲勞和憂鬱
也許要回去問
問廣漠無垠的宇宙

石　語

沉默並非無聲
我怪異的形狀
就是真實的聲音
如同鞭炮般地
震耳

大聲告訴你
石中真的有火
不打永遠不發

大聲告訴你
可相與共話的
只有遠山和白雲

告訴你
早上開的喇叭花
下午就謝了

告訴你
樹枝之美
在於它掛着一輪明月
也告訴你
月光照透了海底
不留一絲痕跡

冰　櫃

無言地
讓人掀開
塞進魚蝦雞鴨
無言地
用至寒至冷的
溫度

假如不停電
愛
便在箱裏
永遠凝固

假如不解凍
那些屍體
不會腐壞
成為
恨

大排檔

去大排檔
側身坐下來
且看
一陣陣油煙
從唐人心中
悄悄熏出
多少憂憤與不平

一鍋熱水
煮沸了
而我們的家思
和惦念
也煮沸了臉上的
無奈

大排檔背後
那條黑河

仿若生活的陰溝
照出我們一張張
帶臭的笑靨
且看
河中載浮載沉的
一列電燈泡
怎樣點亮
客鄉的孤寂

一九八三年，《世界日報・詩之頁》

劍

從日月潭
帶回了一柄
閃爍的
啊湖光山色
鑄成的
劍

今夕
禁不住要望劍
望你如劍的
眼神

眼神如劍
乍然「嗖」的一聲
洞穿了
胸口

相思
滴紅床褥

一九八三年，《耕園》副刊

亂　髮

懷念往生的朋友
懷念永隔的親人
懷念蝴蝶般逝去的
美與青春
懷念狂野的心
懷念無故的憂傷
懷念你的吻
懷念似短非短的相聚
懷念豪飲
懷念歌哭
懷念呼喚過的名字
懷念不平的憤怒
懷念走過的路
懷念看過的書
懷念小小的一夢
懷念啊懷念
懷念是濃濃密密

逐日逐夜那滿頭的
斑白
滿頭斑白——
索性剪了吧，剪了剪了
無如，它
剪了又長
剪了又長

危岩峭壁

立在海邊
即使雨打
毒日炙
也從不哼聲

毅然抨擋着
悍風與惡浪
讓身後
如畫的村落
經隔數十年
依然是
漁唱晚歸
點上燈火

而最猛
最烈的冷鋒

更塑出
周身的棱角

一九八四年，《台灣詩》第四號

觀　心

像一隻老虎
目露精光聳立在山崖上
一樣，兒子凝視着水晶裏的
景物。一隻老虎，威猛的
昂天
長嘯

而妻
竟是不住地搖首
說
水晶裏其實
僅有素手輕揚
遍灑甘露的
觀音
菩薩

古 松

合上近代史
彷彿看到
七十二烈士的身影
都成了，絕壁上
一棵棵
不折腰的
古松

我心
像戀慕的蒼鷹
於朔風中
旋飛

一九八四年八月十九日，《商工日報·春秋小集》

晨　雨

晨雨又以

叮叮的叮叮叮叮的

幽聲

來叩碎

屋瓦下的

夢

倘若天際的彩虹

是妳底

情愛

猶如當初一樣美麗的情愛

那麼，就讓它嵌進心中

嵌進這顆

憔悴的心

就這般鬱鬱以終老

也沒有什麼不好

晨　雨（之二）

晨雨是
一根根閃光的
針
在我內裏
繡出最親愛
最熟悉的輪廓
繡出妳
深深淺淺的悲歡
啊每一針
都是
錐心的疼痛

小詩二題

衛生筷

忘了：同甘的筷子
忘了：共苦的筷子

天底下的人
都是一樣的
打嗝之後
哪會記得什麼
筷子

掌 聲

天才與努力
做成了
掌聲

無恥　阿諛
剽竊　偷盜
也做成了
詩集
做成了
千百個掌聲
千萬個掌聲

小詩四首

粥與青菜

一碗粥
想起了黃昏的田野

一碟青菜
看到了
遠山和森林

豆腐

竟不知曉
引來張大的
嘴巴的
是那一身
潔白
無暇

十二行

如果說
月亮
是一張
憂愁着水源
也悲傷着
毀滅性戰爭
的臉，那麼
閃爍的星辰
可就是
一顆顆
燦爛
的淚？

蛋

孩子要和平

他們可否用戰爭之蛋
孵出
和平？

【附記】報載印度一群小學生遊行示威，手持標語：「要和平，不要戰
　　　爭。」

十四行

據說你喜歡

住家附近

教堂的

大鐘，喜歡

每個清晨

伏在窗前

聽它發出

美妙的

和平的呼聲

只是我想告訴你

開花了的

炸彈，才發出

震耳的

和平呼聲

水晶骷髏

擱在桌上
發亮的骷髏
望着窗外的
世界
不言不語
只是暗示
大白天
社會連一絲光明
也沒有

望着窗外的
世界
望着人來人往
望着悲歡和
離合
望着愛和恨
望着生與死

真想放聲
一哭

骷髏相信
希望會像路燈一樣
默默的，發光
盡責的發光

發亮的骷髏
以苦為樂
以假為真
以殺戮為不殺戮
以普天之下的壞人
為好人

發亮的骷髏
再次陷入沉思中

　　或者能為艱困的
　　人生
　　快樂的人生
　　找到答案

【後記】二〇〇一年三月旅遊美國洛杉磯，見到某晶石商店櫥窗裏擺放着
　　　　一個刻工精細、美麗而發亮的「水晶骷髏」，一時竟呆住了。返
　　　　菲後念念不忘，因成此詩。

月

天，黑成了
寧靜的死水
森然映照出
潔白的
月亮

月亮
是你心底
孤寂太空中
那煥放着光芒
的

情愛嗎？

骰　子

情詩是骰子
在妳心中
滾來滾去
有時候
贏
有時候
輸

即使輸了
也讓妳知道
骰子
輕重的度數
知道，在妳心中
翻動的
愉悅

赤　裸

赤裸如此
怎能見人

還是穿上吧
重新穿上你那漂亮的
衣衫

一句話
一個思想
都要穿得
　　花紅柳綠
才能
示
人

夕陽下

一排椰子樹
在沙灘上齊聲歌頌
大海
歌頌澎湃的波濤
負載着
小船

卻不知道
小小那個
佇立在船頭的人哪
方寸間
負載着
地球

在冥思中

悄悄地
推門進去
進入你光芒璀璨
的內裏
水晶呀水晶
我一無所求
更非許願者
只來詢問：

能為你做些什麼？

一九九八年，香港《詩》第四十期

熨　斗

眼是冷的
臉是冷的
連嘎嘎的笑聲也是
冷的
只有心
滾滾燙燙

這麼燙的一顆心
一顆心啊
恨不得立即化成一台
大熨斗
哪裏不平
就熨向哪裏

一九九五年，香港《當代詩壇》

永　恆

從稿紙上
一扇扇打開的
窗
望出去
原野晴翠

所謂永恆
是浮雲
在蒼空變幻

死　後

　冰冷的身體
　將火化於華僑義山
　一顆赤熱的
　心
　將回歸
　我的家鄉

　展開地圖
　凝視着晉江
　設想，心呀
　是一枚枯萎的
　落葉
　靜悄悄
　落在江面
　奔流千里

如是
回歸福建
回歸永寧

一九八四年，《台灣詩》第五號

聖誕樹

在公園裏我仰視
百尺的聖誕樹
感覺樹上閃閃的燈飾
都是
悲憫的眼睛
悄悄的
關照
人間

一九八六年

歡迎你來

歡迎你來
除非是來販賣毒品與槍械

假若你口袋裏
藏着一條手帕
而在朝陽或夕照中
　　　　下了飛機
下了飛機之後
便掏出你的手帕
揮動它　像對着我們
揮動你潔白的靈魂
我們就將更欣悦的
以好客的華人的身份
誠懇地說：
台灣的同胞啊

香港的同胞啊
歡迎你來　歡迎你來

一九九〇年二月二十三日，台灣《自立早報》副刊

火　柴

隱伏於盒裏
等待着
迫切需要的
一刻
才出現
擦亮一根一根
的心願
為國也好
為家也罷
只想不顧一切
將自己
燃得十分壯麗
至於那個空盒
喝！就算使勁的
扔去
也無妨

一九八四年，台灣《葡萄園》

大　川

雜亂的碎石

怎能阻攔激湍的水勢？

區區的低窪

怎能拘束奔放萬里的長流？

敢於沖瀉，勇於

捲浪

就不怕泥漿堵截

就不怕一個個坑陷

我大笑，轟轟隆隆

搖撼着天地

我起伏的心

翻騰成瀑布，筆直

傲立於高崗

我澈澈透明的愛

從塞外，浩浩

蕩蕩

綿亙到中原

我迅疾疾如電
我叱咤咤如雷
過了峽谷，一波波
直瀉而下
衝向旱災的世界
衝向人們胸中
龜裂的土地

一九八八年，台灣《中華副刊》

在母校

替女兒
報了名。在操場上
我說：「許久許久以前
爸爸在這裏上課
每天
除了唸書，還要
遵照老師的話
用心
學習旗桿的姿勢
沉默的旗桿
從來不管
陽光怎麼曝曬
雨水多麼冰冷
始終豎立
挺直。」我細細
說給女兒聽

在課室裏，向着
國父遺像
行鞠躬禮
然後指着黑板，我說：
「這暗黑，像當年國民革命的
時代背景，我們要像
孫中山先生一樣，背負
所有的苦難於一身
化成億萬枝潔白的粉筆
一筆，一劃
把小小的自己
寫出國家的光明。」

一九八七年

一支筆

你把希望交給
一支筆
像是把黑夜交給
一聲雞鳴
筆堅持的是
耕耘
而在稿紙上耕耘了
近四十年
爾今，你才知道
所謂創作
就是撒了一地的文字
有如掉下的飯粒
所謂耕耘就是
以畢生的精力
去完成
幾冊「贈閱」的詩集
惟你的激情與悲情

釀成的篇章
證實了
自己的存在
也證實了你一度飛揚
青青的鬢髮

來生
你還是把希望交給
一支筆

炊煙與小雨

嚮往
天上雲朵的自由
炊煙飛升

欣喜
人間燈火的溫暖
小雨飄墜

一九九一年，台灣《創世紀》第八十五、八十六期

繩　索

皺紋
如是繩索
為何繫不住愛戀
為何繫不住日月和流年
也繫不住
柔聲的呼喚

皺紋
若非繩索
何以　在靜夜裏
在暈燈下
皺眉　就扯起滿腹的
滿腹的
悲
情

水　晶

深夜微醺
而
嘩然碎了一地的
竟是
透明如夢
回憶的水晶

別俯身撿拾啊
如果
你怕受傷
怕流血
不止

稿紙原野

種在這裏
一顆心　長成的
不是招風的大樹
是一朵
含笑
謙謙卑卑的
小花
瑩白的小花
溫馨地裝點着原野

一九九一年，台灣《葡萄園》第一〇九期

四行詩

一.

繁茂的綠葉
是我眾多的耳朵
聆聽着
繽紛世界的聲音

二.

腹中空空
傲慢的竹
搖曳在風中
自以為十分清高

三.

恨和愛
使前方的路
時寬
時窄

四.

阿諛奉承
是貧瘠的沙礫
我們的詩人
卻想在其中種出參天的聲名

五.

為了展示婀娜的身姿
炊煙裊裊地升高
但一上去
就消失了

六.

時而溫存着礁石
時而鞭撻着礁石
海浪
是女人嗎

七.

剛飛揚
塵埃就不住地自誇
全然忘卻
呼嘯的疾風

八.

沉默的山
不因為潭
把它崇高的形態掉倒了
便破口大罵

九.

你走了以後
被挑動的心弦
逐漸地
化為摸不着的天地線

十.

我走了以後
仍然以眾星之眼
看着你
以樹木發聲呼喚着你

一九九五年，菲律賓《萬象》
台灣《中央日報》

苦　果

據說
時間是泥土
必將徹頭徹尾地
埋沒一切

兩鬢半白
他
在嗆嗆的輕咳中
把詩
寫成了樹苗

一九九八年，《台灣詩學》

鬍　鬚

刮了
明天又長
刮了
明天又長
啊　思念　思念

二〇〇八年

寫給水晶

一.

一遍又一遍的輕輕撫摸
如是，就可以
在寂靜的寂靜的夜裏
觸摸到
你心中的創傷
就可以感受到
你
處身於水深火熱中
的痛苦
感受到你的
挫折
你的壓力

跟你一樣
你生命中所有的傷口
都標誌着堅忍
我的心
因為破裂而
顯現出絢爛的光芒
顯現出繽紛的色彩

二.

透明的水晶說：
千萬年來，億年來
我嚮往永恆
也不斷地追求
永恆

詩人哈哈大笑：
吾愛啊吾愛
倘若你不嫌棄
就讓那清瑩
剔透
烙印在我的心
就讓你
從我淚濕未乾的字行裏
悄悄走進
永恆

一九九八年，香港《詩》第四十期

淚

颱風離境了
洪水退了
數千具屍橫
夜半，自眼中
滾出來的那顆
淚
是他小小的
心——即使是這樣
細微，也容納着
廣漠的
天
宇

香港《詩》第十九期

焚化爐

化了，斑白的亂髮
化了，慈眉善眼
化了，硬朗的骨頭
化了，柔軟的心腸
化做一堆灰燼
還諸地

化了，淡淡的哀愁
化了，萬丈豪情
化了，溫馨的回憶
化了，同情與悲憫
化為一股青煙
還諸天

化了化了
什麼都化了
除了

如同星辰般燦亮的
名字

一九九五年，香港《當代詩壇》

空 瓶

這顆心
是冰涼而易碎的空瓶
你啊
除非你悄悄地俯耳來聞
才可以聽見裏面
充盈着的
對於醜陋人間的
柔情
蜜意

一九九二年

礁　岩

一.

在雷電交加中
獨對
沖天的
驚濤
礁岩笑起來：
力更大
浪花
一朵比一朵
更開得絢麗

二.

有稜
有角
卻是海鷗歇息的床鋪呀

一九八九年，台灣《葡萄園》第一〇五期

死亡的測試

馬路上
都是詩人

人人將詩
寫成固體的
冰
晶瑩的冰
一侵入死亡之水中
即刻融化

詩篇
必須經過死亡的測試啊

誰人能將詩
寫成石
寫成鑽

一九九六年，菲律賓《萬象》

地 球

即使所有的人
看不到
我心中的烈焰
卻只看見
我臉上永不融化的
雪
也無所謂

我之外
尚有滿天的
詩
在沒有人看到的內裏
閃爍

雲 翳

從滿是枯草
亂石磊磊的
田壟中，升起

形成了雲翳

大地是如此渺遠
蔚藍的天
不可企及
無際茫茫的
半空中，無依地
流浪

鎮日鎮夜地流浪

啊幾時
能化作一場急雨

下降到
龜裂的田壟？

一九八四年，《葡萄園》第八十八期

海邊漫步

在海邊堆疊沙堡的人
我不看
在水中隨波沉浮的人
我不看
橫行的毛蟹不看
搖尾的野狗不看
只看遠方，那一片
讓風雨蹂躪後
卻報以鮮紅玫瑰的
草地

一九八八年，台灣《聯合報》副刊

悲　哀

整晚聽見
心的
水龍頭
嘩啦嘩啦嘩啦嘩啦
不斷地沖出
悲哀……

悲哀……
終於溢滿房間
而且又把你
淹死了一次

現今，你只能有這樣
濕漉漉的
夢

值得慶幸的是
你還沒有真正被淹死

一九九四年

發光的字

像蜜峰一樣
我是忙碌的

啊啊，我忙於把人世間
晶瑩的
輕輕滴下的
淚
收進詩裏

甚至千年後
讀詩的人
仍會看見
每一個字
都在發光

一九九五年，香港《當代詩壇》

神祕谷之夜

一波一波地
湧來，蟲聲的潮水
浸冷了思緒

墨藍的星空下
如乘一葉之輕舟
出海
能航向童年的夢境嗎？
果真會見到
羚羊，麋鹿，拍翅的天鵝
和水池邊
甜睡的公主嗎？

一九九五年，香港《當代詩壇》

足球賽

馳聘於
綠茵場上
我是前鋒
善於鉤、踢
善於衝擊，善於
射門

然而，天天慘敗
天天輸
輸了面子
輸了青春
輸了良知
輸了大量的
愛
輸不掉的是
這一顆

得失
之心

一九九五年

叮叮噹
——讀「風鈴偈」有感

橫逆

都不放在心上

風鈴

其心就是空

但全身是

口

懸於飛簷之下

對春風秋風

說彌陀

對疾風談

畢竟空法

度一切苦厄

叮叮

噹噹

叮叮噹

二〇〇九年

霓虹燈

迷人
眼目
霓虹燈
都是絢爛的
亮麗的
都是

背後
一片黑暗

二〇〇九年

第五輯

狼毫今何在

兩種詩

他們說
政治把戲
像是一首矇矓詩
不易看懂

其實
政治把戲也好
權力鬥爭也罷
都是淺顯易懂的
明朗詩
寫在百姓憂煎的臉上
　　　苦楚的臉上

戰爭前夕

螢幕上
兵士雄赳赳
手持武器出征
一架架戰機
升空
我心微涼
靜坐燈下
突驚覺
一杯熱咖啡
盈着嗆人的
硝煙味

窗外，太陽已偏西
那天邊一片
嚇人的紅色
該不是血跡吧？
該不是被炸

難民的血跡？
該不是
被屠殺的婦孺的
血跡？

浮雲
怎麼看都像一張
哭喪的臉
我聽到晚風
憂悲的控訴
我發現那串風鈴
在屋簷下
震悚

二〇〇一年，台灣《聯副》

語詩・語絲

●怕什麼黑暗
咱們有的是肝膽

●人間天堂是屍體疊成的
戰爭的發動者都相信

●開槍時
準星上的十字架
正對着你看

●妒恨之箭
雨般地
射來，成功者無不是靶子

●將心
滾燙成熨斗
當你看見人間的不平

●砲聲
是和平重返人間的
路

原載台灣《中央日報》副刊

淨 土

花朵燦爛
飛鳥啁啾
魚尾獅
在朝暾下正閃閃生輝
這裏
沒有栽藏的炸彈
沒有強姦殺人的社長
沒有綁匪，沒有毒販
沒有搶劫銀行的軍警
這裏
只有絞刑台上
吊着的
搖晃着的
公道與正義

或者
冤屈

一九九五年

【註】菲女傭人弗洛·康琛拉商，在新加坡犯案，認命就刑（一九九五
　　　年三月十七日）。但一名在監獄拘禁的前菲女維真妮亞·巴倫莫
　　　說，她在監獄見過康琛拉商，而後者告訴她，警察迫供，使她承
　　　認殺人。

撲　滿

抓進去
一個又一個鎳幣，被
抓進去。小撲滿，進去
容易，出來困難哪。
關污黑的錢幣在裏面
關潔白的錢幣在裏面
撲滿啊，堅固的撲滿
擁擠的撲滿
令人憶起了日軍那擁擠的
土牢，憶起了土牢中
男　女　老　少
驚駭悲慘的啼哭
令人憶起了擁擠的毒氣室
室中猶太人悽屬的哀號
以及世上許多滲和着血淚
的故事。小撲滿
囚着多少錚錚的

硬幣？
歲歲年年，朝朝夕夕
在全然的黝黑中
囚着多少銀角的潔白？
囚着多少恥辱和冤情？

某 夜

書案上
柔和的
燈光
悄悄釀造一面
平靜的湖
心事
沉下去，化為
一尾游魚
這湖濱
倏地撒出
一張網
俄頃
浪花飛濺中
撈起了
祖國寒寒的
殘月

一九八四年，台灣《葡萄園》

一島兩國

夜雨飄灑

總統府外

民主被驅離之後

一排傷心的路樹

突然大笑起來

笑聲礫礫

如驚濤

拍岸

濺濕了

電視機前

你的雙頰

他的衣襟

製造之後

你用雙手製造擎天的
鐵塔
用心腸製造
仁愛或慈悲
用雙眼製造
無聲的言語
用肝膽製造
義氣
用口舌製造
真理或天道
用耳朵製造
靜默
用思維製造
人類的福祉
之後，你又用
所有的一切
製造

一場比一場大的
災難

在輕軌電車上
——過義山所感

車廂外
夕陽映照着一座座
美麗的樓房
鐵門，石獅
石獅，鐵門
那廣廈千萬
卻不是杜子美夢中的
廣廈啊
對於建造它的孝子賢孫
它是
榮耀的象徵
對於一批批坐着冷氣巴士
來觀光的旅客
它是展覽的奇景
對於這島國的主人
它，是什麼呢？

車廂內
指指點點，菲人用奇特的聲調
說：
「那是華僑義山
………………」
我的心
像雨後街道的坑洞
注滿了羞辱
羞辱的濁水

【註】華僑義山，為菲律賓華人殯喪地，建築美奐美輪，現成為馬尼拉一
　　　風景區。

鐵　拳

據說人愈老愈無力
無力輕喚
最親的名字
無力睜眼
看夕陽冰淇淋
溶解
無力寫詩
給漂鳥、浮雲、藍天
給升起的月
唯相信
年少將義憤
握成的鐵拳
迎面擊向宵小的那隻
鐵拳
至死猶是沉重
有力的

一罈香酒

濺濕了天邊
的砲聲
濺濕了征人的
眼瞼

月光
一罈傾倒的
陳
　年
　　香
　　　酒

一九九五年，稿於菲

紹興酒

鬱鬱的月下
只要有一罎
紹興酒
即可把羈旅中
的落寞
酩酊成
眼淚
即可遙遙聽見
子彈在遼闊山河
劃空而過的
呼嘯

一九八四年，台灣《創世紀》

一張照片

怔怔地
把臉上的皺紋
看成了
蜿蜒的江河
水聲冷冷
朝生命的盡頭
流淌而去

假如
有一條小舟
那就推下江河吧
讓小舟漂流
載走了
異鄉人的
歸心

一九八三年，台灣《笠》

石　獅

北橋(註)拱門下
兩尊無人理會的
石獅
怒目

為這條長街
變腔的華語
斑駁的漢字
為遺棄了
家族和姓氏的人
為悠悠歲月
多少屈辱的臉
怒目

更為不能
回首
為隔海

五千年戰亂瀰漫的
煙硝
分憂而
怒目

　　　　　一九八四年六月十七日，《商工日報‧春秋小集》

【註】北橋：位於馬尼拉華人區中樞的王彬街，橋端拱門兩旁皆有一尊怒
　　目的石獅。

失眠夜

翻來覆去　枕底又
傳來隆隆的炮聲
與我一同失眠的　不是枱燈
是幾千里外　漫天的飛彈
　　　　　遍野的裝甲車

當獸性在大漠燒紅了雲天
人性　會在硝煙毒霧中失蹤
當呼嘯的火箭炸出紀念碑
凱旋回歸的——
是喜悅的心呢
　抑或懺悔的心
是將領胸前的勳章呢
　抑或老母眼中的哀思

像是嚴冬的雪花　哀思
覆蓋了故國的山川

從北狄西戎東夷

　到太陽旗攜來閃光的武士刀

一整部青史

是濁浪滾滾那長江黃河

滔滔訴不完的戰亂

戰亂　便如

積雪掩蓋下的草根

當春風馳蕩　又將

滋蔓大地了麼

江山多嬌

悠悠五千年　何曾爭鬥出

老百姓碗中的飽飫　椅上的安樂

在廣袤的沙漠駝鈴輕響

爆燃的聖戰之火　煜煜

照多少流亡的腳步

照多少縱橫的涕淚

讓驍勇看　讓蜃樓看　讓清真寺看
究竟　還要照多少斷腿和殘肢
讓歲月看呢　阿拉
而正義之戰
怎會是崩塌出土的神像與浮雕
　　　　廢墟了碉堡　廢墟了城鎮
　　　　汩汩流血了老弱與婦孺
那悍然怒吼的轟炸機
耶和華啊
竟夕轟炸　真的可以炸明是非麼

推開枕頭　我翻身下床
拭去滿額悚驚
初升的太陽　吐出街和路
聖母院　清脆的鐘聲敲起
叮叮噹噹掩蓋了遠方
　　　　嗒嗒的機槍聲
　　　　　隆隆的炮火聲

一九九一年三月

中　秋

華僑的月
不是一輪滿月

清冷的
月輝探入，探入
半掩的門窗
鄉愁，赫然在床上

顫抖的手
握住郵寄而來的鄉音
那是老母親疊聲的
呼喚

仰對長天，呀
華僑的月

被窗外一條電話線
分割為兩半

一九八二年，台灣《青年戰士報》副刊

伊甸園

激昂慷慨
他們把數十萬的
孩子　送上
大沙漠戰場

全世界與我
何以
竟相信一具具屍袋
能疊成

伊甸園

原載台灣《中華日報》副刊

柁　木

回歸森林已然無望

來到異地
只是不言不語
直着軀幹
橫在這裏
等待
利鋸加身的時刻
於今希望
被鋸後
絕非堆積的木屑
乃是精緻地
形成書案
或者挺拔為棟樑

一九八三年十二月，《耕園》副刊

大地震

淒厲的哭叫聲
如同破旗
顫動在夜空裏

大地震之後　千人
困於坍塌的建築內
號啕……

淚眼啊
問天，可曾聽見過
那驚怖的哀號？
月亮一張冷漠的臉
掛在那裏

啊淚眼
看華人的捐款
彷彿是翻伏的潮

一浪高一浪
看冒着豪雨上山的
菲國軍民，日本專家
美國大兵，法國專家
以及英國的拯救人員
匯聚在松市
不輟打穿陷落的石堆
苦苦搜尋着
生還者

才知道
什麼叫兄弟
什麼叫崢嶸的好漢
什麼叫人間的溫暖
也才知道
魂魄深處最不堪的痛疼
是怎樣的痛疼

一九九〇年八月二日，台灣《聯合報》副刊

大地震（之二）

崩了，巍峨的石山
斷了，遼闊的橋樑
倒了，豪華的旅社
塌了，宏偉的校舍

七點七級強震之後

不見一絲裂紋的
是一顆顆
比摩天巨廈聳得更高的
名利之心

不見一絲裂紋的
是更多

矗立在這裏，矗立在那裏的
悲憫之心

一九九〇年八月三日，菲律賓《辛墾》副刊
一九九一年一月十八日，中國海南省《特區時報》

蝦

在水族箱裏落戶
似乎美好無憾

億萬年之前
你，原是龍的族類

於今，在你身上
已看不出半點的榮耀
沒有龍昂首的雄姿
沒有龍穿雲的丰采

自那湛藍的波瀾出來
終於，變成蝦
變得渺小自卑

在海外困居
離開陽光與月光

你永遠是憂鬱的
彎曲的
水族箱裏滿是你的伙伴
天天希冀穿越四面的
玻璃
復回廣闊的海洋
緬懷浪花
緬懷岩石
緬懷水底的沙土
你，面對玻璃外的
餐盤，淒然落淚
就這麼載浮載沉
繼續繁衍下去

一九八五年，《香港文學》第十一期

樓上人語

跟孩子們
倚在窗口
猶不忘對樓下的花草
指指點點，用喑啞的聲調
一遍遍解釋
土地與花草
親密的關係

在高樓頂端
常為落腳處
發愁

我想：
倘有一天
帶孩子們下樓
讓他們聞聞
大地的氣息

仔細看看
抓緊泥土的秧苗
並且，故意教他們抬頭
上望，是不是也會
辨清了
自己的距離
而發愁

　　　　　一九八五年八月十八日，《商工日報・春秋小集》

狼毫今何在？

你是
一支習於孤單的
狼毫。一支
不折腰
不沾染塵垢
修挺、硬朗的
狼毫。一支
心口肝肺，皆是
儒家鑄造成的
在亂焰裏
不為尋章摘句
卻是，用以測量河山
有多深多長的苦難的
狼毫。一支
為蒼生的安危而不眠
為流離的黎民而怨訴
於天寶年間

草堂裏揮灑的
狼毫。一支
適足以
驚風雨的
狼毫

只是
精緻的狼毫早已遺失。
一千年後
無家問死生依舊
寄書長不達依舊
而淚別
故國的泥土
四十多個寒暑
何止萬人。
一千年後
朱門的酒肉
依舊腐臭
而路上的白骨
唉，白骨沒人收
豈止衣索比亞。

一千年後
烽火依舊熊熊燃燒——
西藏、伊朗、納米比亞、伊拉克
韓國、柬埔寨、安哥拉、科威特
　　夢魘仍未醒
　　啼喊仍淒厲
菲律賓、斯里蘭卡、薩爾瓦多
泰國邊境、阿富汗、委內瑞拉
　　殷紅的血猶在滴瀝
　　死亡之鼓猶在雷響
而蛇升的烽火
煎着一個民族又一個民族

一千年後
熙攘的城鎮
沒有草場，只有賭場
沒有鳥兒，只有墻角暗處的
嫩雞
沒有一顆顆燦然的星辰，只有
一顆顆被打落的牙齒
沒有潺潺清泉，只有舞池

沒有在平鏡的河面上親密
的蜻蜓
只有裹纏在被褥裏的少年龐克
沒有牛奶，只有工業酪素
沒有蘋果汁，只有黃樟素
沒有稻穗撲鼻的
甘醇與芬芳
只有垃圾的穢氣
沒有花徑，只有
紙盒、空酒瓶散置
凌亂的巷道，而
人們
沒有胡琴上的兩根弦一樣的
親近，只有
只有河的兩岸一般的
疏遠

一千年後
有人販售餿油
有人販售古柯鹼

有人販售老虎
有人販售同類的腎臟。
路燈默然望着
霓虹燈發愁
市中心
有許多人，徹夜
瑟縮於墻角
而各大報章上
有許多吉屋招租。
風雨清晨有衷腸哀慟的
哭聲
有人患癌症過世
有人患愛滋病亡故
有人因肝硬化喪命
有人因血管栓塞逝去
而香煙消耗量
比人口增加更快
開發中的國家
酒精消耗量
超越已開發國家

一千年後
夜空有悲傷的
弦月
玻璃大廈
混凝土公路
正在快速地成長綿延。
汽車
野獸似地竄向
街道。
蔬菜花草樹木，種植於
核廢料之貯存桶上方的
水泥屋頂，而
巍然矗立的
鐘樓
乃是吐霧的
煙窗。
沙漠愈伸愈大
上層土層正變得稀薄
大象被圍捕
小海豹被殺戮
亞馬遜河上游

樹木稠密的熱帶莽林

正在整片整片地焚毀

而廢水

灌進湛藍的大洋

而氟氯化碳

猶似饑民

噬啃着

高空的臭氧層

一千年後

核子災難

悄悄佇候在未來的路口

佇候在未來的路口，會不會

還有

百靈鳥在陽光裏啁啾

笑靨花在微風中芬芳？

會不會，還有

梅着紅、柳着綠？

還有垂掛在樹上的

梨子、芒果、橘子、楊桃？

會不會，還有
晚霞任人仰望？
夢鄉任人休憩？
還有華實月圓？
還有屋簷和炊湮？

狼毫啊狼毫
至今，人間天上
我們無淚的雙眼
仍不知何處覓你
覓你，迅如
山風般地
狂草揮洒
為這大時代
比五洲七洋更廣的悲愴
比黝黝夜色還要深的苦難
譜下
泣鬼神的
見證

一九九〇年，香港《文學世界》第九、十期

一九九〇年，菲律賓《萬象》

蟹

來自巨浪打擊的海岸

我趴在油鍋裏
不能自己地
飲泣

記得早時
在廚房的桌上
心中曾經迷惘
猶豫不決，不知該偏左
還是向右
直到快將變成一道美食
我才弄明白
遠離水域之後
不論走什麼路線

怎樣橫行
都無生機

一九八四年，《台灣詩季刊》第五號

火山爆發了

灰末降落物
遮住了天空
馬尼拉　在日間
陷入黑暗

陷入黑暗
我們看不見
眼前的景物
猶如他們
看不見
掙扎在饑餓線上的
人　也看不見
刻骨的痛苦

陷入黑暗
他們在大廈裏安眠
醒來

是否也會
發現
清潔的街道
明亮的汽車
豪華的住宅
晶瑩的窗子
竟都蓋上了一層
灰白色啊灰白色的

天怒
民怨

一九九一年八月三日，台灣《自立早報》副刊
一九九一年，新加坡《赤道風》第十八期

鳥　類

氣候漸冷
蟲已稀少

畏縮在禿枝上
沉思遷徙的難題
夢想
越過千頃波濤
和疊峰
棲止於亞熱帶的
島上，沒有
切膚的寒風
徹骨的冷雨
青蟲
數來數去數不清

入冬後
這裏只剩下蕭瑟一片

而怔怔望着
窩裏，幼鳥瘦弱的
翅膀，不知
如何高飛
遠翔

一九八四年，《藍星》第一號

千　島

祖先出海的年月
已然模糊
只知道，為了尋找一處
傳說中的桃花源
含着淚揚帆

遺落的我們
就在多風浪的千島
飲着椰汁
彈着吉他
裸着棕色皮膚

而祖先的帆呢？
而桃花源呢？

一九八五年，台灣《藍星》第四號

橘子的話

咱們恆是一粒粒
酸酸的橘子
分不清
生長的土地
是故鄉
還是異鄉

想到祖先
移植海外以前
原是甜蜜的
而今已然一代酸過一代

只不知
子孫們
將更酸澀
成啥味道

原載台灣《葡萄園》詩刊

龍

站在鍾斯橋上
凝目遠眺
中菲友誼門
壯觀而美

及至細看
右邊一條龍
左邊一條龍
怒眼
裂眥
張牙舞爪
擺出鯨吞的姿勢
而腳底下
子孫們
群首高昂
有的向東

有的朝西
展出飛鼠之狀

一九八四年，《菲華文壇》創刊號

王彬南橋

南橋
中間橫着一道陰溝
把世界分割為兩半

如果
有那麼一天
誰搬來了萬噸水泥
拆掉南橋
填平陰溝
將兩邊的土地
接壤成一條拓寬的
公路

我寧願撐直身子
化作硬硬的
混凝土

靜靜
鋪在那裏

一九八三年，台灣《聯合報》副刊

木　偶

受牽受制
長年在家鄉，操演
幾齣預先安排的戲

賣棹南下以後
在華人區
狹小的舞台上
咱們四肢兀繫着
細線
即使充當孫悟空
也要踏着，別人操縱的台步
唱着一樣的台詞
按照劇本，耍弄金箍棒
雖則一身七十二變
猶不能一個筋斗
翻出控制者
的掌心

畢竟，咱們只是木偶

哪能越出常軌

不受拘束地

演泰山，演超人

原載台灣《中華日報》副刊

輪 胎

鼓起一肚子氣
在熱騰騰的道路上
打滾

馱起龐大的負荷
顛簸着
滾向坎坷的道路
任灰塵蒙身
任尖銳的
碎石，劃出
遍體傷痕

有時急煞轉彎
承受了更大的厭力
只有竭力擠出
幾聲淒厲的長嘯

逐日擦着
疙疙瘩瘩的路面
逐日磨損
仍然一味地滾動

路，越壓越長

一九八四年，《創世紀》第六十五期

水　泥

一.

夢見自己

從破碎的山頭滾落

於不停運轉的輸送帶

受擠受壓後

終於裝進紙袋

被拋往工地

摻入沙礫中

讓機器，一再的攪拌

涼意自腳尖

蔓延及全身

然後在此

被築成高聳的

華廈

讓孩子們

在裏面玩着積木

歡悅的臉

無憂外間

猶自喧囂的

暴雨、狂風

以及地震的撼動

早已風乾

遭人塗抹的我

僵硬得

再也無法回復

泥土的本色

二.

且遙望
北風橫掃中
呈現裂痕的城牆

我
已然凝固於海外
不出聲息地
承受狂飆的鞭撻
怎能歸返
迢遙的故土
於漫天飛雪中
參與修補龜裂的
城牆

一九八四年

煙　火

他們都是煙火
拼命地想一飛
衝天，想
在黯夜的高空中
綻開亮麗的
火花

然而——
沒人知曉
所有的煙火
絢爛之後
都會那麼憂懼
那麼痛苦
痛苦地
煙　消
火　滅

台灣《中華日報》副刊，香港《詩雙月刊》

浪子哀歌

來自中土的
我們，一個個
瘦骨嶙峋
無自衛的
武器，憑着
一副好身手
敏銳的視覺
細膩的聽覺
在江湖上
闖蕩

雖然有兩條可依恃的
祖先的好臂膀
畢竟尚未同心協力

自是不能
握成雙節棍

虎虎生風地
舞動起來
捶擊敵人
長槍，當胸穿來
單刀，迎面劈來
也只能
風馳電閃
或者，奮不顧身地
空手招架

一九八三年，《葡萄園》第八十五期

大地震之歌

寶島的那一座座
華廈高樓倒塌傾圮了
人們驚呼、墜淚
在強震的搖撼中
蒼白的星子們劇烈地
顫抖着……
冷風,以及路樹也悲聲哭了
而哭聲
仿如無盡黑夜裏
一首濕淋淋的歌
控訴着
天倫的破滅
控訴着無常

在這千島之國
我們也築有一座座
巍峨的高樓及富麗的別墅

用敗絮填塞出
氣派
用瓷磚裝飾出光燦
華麗
但一幢幢的
友誼房舍，愛情別墅
政治巨廈，文藝高樓
都令人擔心
是否經得起地震的顛覆？
啊，一經顛覆
會不會赫然在裂開的樑柱之間
發現填充着的
空沙拉油桶、報紙
保麗龍、空罐……

二〇〇〇年

莊嚴的燭光

軍人的槍炮又在
互相轟擊了
老百姓依然什麼都不說
只在今夜，啊，今夜
高高低低的窗口
都點燃一根根燭火

百年來，千年來
人人心中藏着的
一個願望
都在莊嚴的燭光裏

一九九〇年，台灣《葡萄園》第一〇八期

【後記】一九八九年十二月一日，菲律賓發生第六次軍變，造成五百多人
死傷。人民於聖誕前夕在其各自住宅，點燃一支蠟燭，作為祈求
和平的象徵。因寫此詩。

槳

被遺棄於
外海
我仍一根無用的
浮木

假如有人
把我一刀一刀
雕成槳
會不會划得稱心
成為槳後
會不會有更大的煩惱
我啊
今生今世
休想
離開大海了

第六輯

小扶西

我變成了一隻小貓

哥哥不是乖孩子
時常踢小貓。
如果
我變成了一隻小貓
哥哥呀
你會不會踢我呢？
　　如果
我變成了一隻小貓
哥哥呀
你放學回家
會使我嚇得發抖嗎？
　　可是
我真的
變成了一隻小貓
哥哥呀
此刻你是找也找不到我了！

一九九〇年，湖南《小溪流》第九期

瀑　布

太陽說：

「瀑布喲

真是自甘墮落。」

白雲

也異口同聲地說：

「瀑布喲

不求上進

看它，一直向下奔騰。」

瀑布不做聲

繼續向下奔騰

奔騰呀奔騰

奔向乾涸的河床

　河床就出現了成群的游魚

奔向乾旱的田地

　田地就長出了金黃的稻穗

奔向大海

大海啊
就沒有擱淺的船兒

一九九〇年，台灣《新陸現代詩》第七期

小扶西

小扶西說：
「我要像哥哥一樣
當班長。」

小扶西的哥哥說：
「我要像爸爸一樣
當醫生。」

小扶西的爸爸說：
「我要跟你們的祖父一樣
做個兒孫繞膝的老太爺。」

小扶西的祖父
卻笑眯眯地說：
「我很喜歡小扶西
他是個可愛的孩子！」

一九九〇年，湖南《小溪流》第五期

螢火蟲

蟋蟀的孩子
偷偷出來玩
在黑森林裏迷失了。
唧唧，唧唧……
每當月亮掛在枝頭
就悲傷地哭泣。

螢火蟲心慈
──聽了不忍
一到晚上
就提着亮亮的燈
跑到山林
來找蟋蟀的孩子。

一九九〇年，湖南《小溪流》第九期

杉　樹

一棵健美的杉樹
很煩惱：
　　什麼時候
　　我才能下山呢？
　　什麼時候
　　我才能變成棟樑呢？

樹上的啄木鳥聽了
眨了眨眼睛：
　　當斧頭
　　出現的時候呀！

一九九〇年，《星星》十一月號

小風箏

彩霞是天空中的
ICE CREAM

小風箏
禁不起誘惑
想飛上天
舔個痛快
可是
小風箏沒有即刻起飛
也不出力飛
當它
晃晃蕩蕩地
飛到天上時
還來不及舔舐
ICE CREAM
已溶了

壁上的太陽

昨日小女兒放學回家
提筆在壁上畫了個大圓圈
說那是鮮艷的太陽
光芒四射
從此呀
爸爸在屋子裏
再也不用害怕黑暗了

今天爸爸觀賞
壁上可愛的大太陽
說那是女兒嬉笑的紅臉
照出了暖暖的光線
從此啊
爸爸靜坐在角落
真的不怕黑暗了

一九八三年，台灣《秋水》

不公平的媽媽

每當爸爸拿起剪刀
在小弟頭上剪來剪去
媽媽一句話都不說

每當我像爸爸一樣的
拿起剪刀在小弟頭上剪來剪去
媽媽就頓着腳，大喊大叫

我奇怪為什麼媽媽那樣不公平？

一九九〇年，湖南《小溪流》第九期

小 草

忙着
向上鑽
小草呀
很想
鑽到地面上
去曬太陽
很想
鋪成綠色的地氈
讓小孩
翻筋斗

第七輯

近作（二〇一〇年）

砲彈與嘴巴

砲彈

至今仍在天空中

呼嘯

它發自

百萬張

千萬張

高喊正義的

嘴巴

紅紅的花

庭園裏
綻放朵朵
紅紅的
花
幽僻的巷尾
熱鬧的街頭
靜穆的教堂
砲聲隆隆的
戰場
也綻放朵朵
紅紅的
花

紅花
於眉間綻放
於胸前綻放
啊——

　　槍口冒煙時
你可以看到
一朵朵嬌美鮮豔的
紅
花

葬禮之後

妳洛洛
的
笑聲
是回憶水龍頭裏的
水
一扭開
便嘩啦嘩啦
　　瀉了
　　一地

十二行

笑出滿口的白牙
梳出一頭濃密的
烏黑的
髮

髮
除下之後
牙
除下之後
鏡子裏，赫然一個
無髮
無齒的
人

【後記】報上大標題「販毒籌措競選費，緝毒署長嚴密監控」。令人心情
沉重，故寫此詩。

哭　泣

小明：
路，為什麼哭泣？
鋅片，為什麼哭泣？

爸爸：
它們很有同情心
總是不忍心
看見
許多人死亡
所以，颱風來時
路，就悲傷地哭泣
鋅片，也悽切地
哭泣

咖　啡

加糖
加牛奶
改了其香
變了其味

既是你的選擇
請笑着
忍受
這甜中帶苦
苦中有甜
一輩子

黑咖啡

加糖

加牛奶

算什麼黑咖啡

這一杯

苦苦

香醇的人生

值得細品

辨別其

滋味

主　席

雙眉斜飛
英氣逼人
嘴角似笑
非笑

偶從書本裏
翻出主席的照片
愈看
　愈看不清
他的
臉

俠　客

舉槍
射殺悲傷
射殺疾病
射殺憂愁
射殺不平
也射殺時間

老來
你一直比着
槍的手勢
想做仗義的
俠客

唉唉

青　春

青春是
色彩繽紛的
馬車
飛快地
奔馳

噠噠的蹄聲
響遍
每一條回憶
的
柏油路

呢　喃

被初戀
刺傷

孤寂時
心中隱隱作痛
的
傷口
依稀聽見
粉紅的
呢喃

火柴盒

很小
卻隱伏着
點亮
千萬支蠟燭
的
能量

心啊
小小火柴盒

魚

魚在釣勾上
掙扎
魚在鍋子裏
劇烈地掙扎
我彷彿看見
牠在
哭喊

至今
仍在哭喊
究竟是
魚
還是我？

天下無敵

兩三下
又贏了
萬眾矚目的
拳賽

高舉雙手
你仰面
露齒而笑
更強悍的勁敵
　「貪」
　　「嗔」
　　「癡」
正森森地笑着
注視你

總統先生

我錯愕
發現：
總統先生所講的
話
生出四隻腳
思想
也長了
獠牙

有人大叫一聲：
快跑！

彈　簧

現實
逼過來
暫屈一會兒
生活壓力
舒解後
我就伸

能伸
又能屈
無意間
長了一身
銹

詩

一首詩
一塊晶瑩的
冰

融化之後
你，是否聽見了
解凍的
那一聲
　　歎息

素 描

美國仍在伊拉克

播種死亡

等着豐收

正義

全世界啞然

無聲

朝鮮仍在試射

寄託希望的核彈

全世界齊聲鼓噪

老太陽仍在天空中

苦着

一張臉

悼
——給老丈人

跨過
地平線
抬頭驚見
您的
容顏

半夜醒來
眼中儘是
您的
慈
笑

音　樂

放一張CD
下一場透雨

淋得你
全身濕漉漉的

唯
就是無法解除
鬱悶
也澆滅不了
忿忿
不平之
火

幸　福

病房太冷
悄悄地
妳替我蓋上了
棉
被

（這是一種幸福）

天庭
很靜
雲霧繚繞
冷風颼颼
我常常想念
種種
幸
福

臉　紅

牽手
在公園裏
散步
銀髮的你
突然笑着
像五十年前
一樣，柔聲
對妻說：
我愛妳

羞得天空
紅了
臉

和平之城

一灘血
一塊肩膀
一條斷腿
一顆削掉半邊的
頭

耶路撒冷
這一座
隨時有人肉炸彈
開花的
城
什麼都有
　　唯獨
沒有
人人心中的
企盼

【註】：對猶太人來說，「耶路撒冷」意謂「和平之城」。

凹凸鏡

成天
扭曲人的
形貌
還粗着脖子
說：
有什麼
就照出什麼

掌中日月

掌中

盤旋著一對沈沈

沈沈的鐵膽

旋啊旋

一個是月亮

一個是太陽

旋啊旋

　旋出了

唐時

燈下揮毫的日子

草舍讀書的日子

江畔吟哦的日子

凝望著

烽火的日子

旋啊旋

仍旋不出

古今的憂患

與
惆悵

集郵

毀了毀了

一場大水災

數十年

珍藏的郵票

都泡湯了

毀不了

一生

秘藏於心中

一張張

珍貴無比的

親情

友情

愛情

一張張

比故宮的字畫

更昂貴

百倍

千倍
萬倍

二〇〇九年九月廿六日

【後記】「旺蕊」大颱風來襲，三冊珍藏數十年的郵票全部泡湯。心中戚戚，故寫此詩。

象牙

血肉模糊
一具龐然的屍體
躺在哪兒
沒有牙，圓睜的眼
再也看不見
茂密的森林

擺在書架上
來自非洲大陸的
一對潔白的象牙
流露著美
玉一樣溫潤的美
若是你多看一眼
或者予以凝視
啊——
似乎聞到它的血腥
　　聽見它的控訴

　　甚至看到了
　　它對我們的不仁的
　　嘲
　　謔

溫馨

金色黃昏裡
西沉的落日
希望天地線繫住
滿懷
　溫馨

一九八三年

附　錄

談和權

羅門

　　在菲華詩壇，詩人和權顯然是一位相當活躍與受重視的著名詩人；同時也是一位至為執著與具有專業精神的詩人。除寫詩，尚寫詩論；對菲華現代詩的推展，更投入不少的心力。因而又具有詩運者的身份；國內外第一流的華文詩刊與報刊，都發表過他的作品。

　　他的詩，由於始終同真實的生活感受、同人性與人道精神，一直有著深切的關係，且具批判性，故在以詩做為傳真人類內在生命真實存在與活動的最佳導體，這方面，他是相當強調與堅持的。因而他的創作態度，極為嚴肅，認真與專誠，並抱持詩反映人生的高度價值觀。

　　綜觀這本詩集的整體表現，我們可以發覺和權在創作的實踐過程中，所展現屬於他個人的特色與風貌。

　　在詩中，他不強調「知性」與「感性」分離的兩極化意識；他有效地濃縮詩中抒情的「感性」，進入冷靜的「知性」相渾合的凝聚點，使詩既不冷感，也不濫情，既不任性在「浪漫」的狂熱中；也不拘束在「古典」固定的框架裡；他牢牢抓住的，是「知性」與「感性」的中和與均衡。

　　在詩中，他以360度的掃描鏡，將週遭的對象世界向內收，儘量排放出次要與不必要的部份，使之呈現出精簡、緊密、確

實、適中、穩妥且具有質感與準度的創作形體與風貌，便相對於
澎湃、誇張、炫耀與大幅度地展現的創作形勢（除詩集中唯一的
那首長詩〈狼毫今何在？〉之外）。在這方面，他大多緣用「極
限（Milima）」的藝術表現手法，以達到從「小」看「大」的創
作效果。

　　在詩中，他透過心與物的觀照，切實把握兩者同步的疊合準
度，然後運用意象語中確實的象徵暗示功能，不斷凸現內心的意
圖，達到預期的效果，幾乎每首詩中都顯示出生命清晰的形象與
造型；完全清除可能引起讀者抗拒的任何難懂與晦澀現象，甚至
於他有時也因順應詩的「明朗」發展，採取「宣示」、「直指」
甚至於接近「抒說性」的筆調，但他大多都能及時以「藝術性」
予以節制與調整，使詩思不致陷入「說明性」的兩度平面空間，
減低詩活動的形勢與張力。

　　在詩中，他的語言走向、形式與藝術表現，均是由內而外，
自然產生與形成的；他與藝術的「形式」主義無關；他不強調流
行與偏激，也不將自己關禁在任何一種藝術主義與流派的框架
中。他始終自知一己能力所及處，穩健而不浮誇，並能確實有效
地掌握詩中情思活動的動向以及整首詩發展過程的條理系統，而
有較穩當妥善的完成。在完成中，他抓住的，是「詩」與「生
命」雙重的「真實」；是透過詩，穿越現實的外層世界，重現內
心一個全新的更為豐富的「現實世界」，這個「現實世界」，可
說是凸顯在他詩的澄清的心源上的一個具有永久性的美的存在，
然而這個「現實世界」，卻仍不能將他的創作隨便誤放到「現實
主義」或「新寫實」的單軌上去，形成限制他在詩藝術創作世界
中，自由穿越的行為意志。

　　在創作中，他打破時空的界線，拓寬想像的空間，打通心與
物互動的管道，使題材的運用，相當廣，而且極為生活化，並透
過個人真實的體認與深思，便大大增強作品的實度與其可看可感
可思的親和力，同時，由於他面對一切真實的存在時，具有相當
冷靜的知性與內省精神，以及深一層的探視力，故詩中引發出具
有潛力的思索性，更是耐人尋味的；至於詩語言運作的確定性、
潔淨度、及其有效的收放與節制，都顯示他有足夠的駕馭能力，
此外，在詩創作過程中，意象世界的取鏡，確被視為至為重要的
一環，在這方面，他除能有效把握到被拍攝對象的焦距與焦點之
準確性，以達到詩中「明指」與「暗指」的實際效果；同時在鏡
頭的選擇與運作中，也有不少的變化，使詩在「對比」、「複
疊」、「轉移」、「反射」、「交射」、「直射」、「放大」、
「縮小」……等變換鏡頭所形成的藝術表現形態中，便呈現出詩
多面性的活動境域與美感效果。
　　如在〈落日藥丸〉詩中：

憂思天下，或許
不是癌症一般的
難以治療
只要
伸手取來落日藥丸
就著洶湧的海
暢快地
送下喉嚨

　　和權將詩的前三句與後五句，分開成兩個語言空間，採取
「複疊」鏡，把詩中「憂思天下／或許不是癌症一般的／難以治
療」與「只要伸手取來落日藥丸／就著洶湧的海／暢快地／送下
喉嚨」複疊在一起，便可在兩個「複疊」鏡中，隱約看到一個達
到臨界線便不能不爆開的生命存在的悲劇世界──那就是「憂思
天下」既然是或不是「難以治療」的癌症，並將「落日」當作
「藥丸」，「就著洶湧的海」吞下去，好孤注一擲的悲壯，那麼
它究竟有沒有救，都已不重要，都已在「對質」中，不必再「對
質」了，因為在最後「放大」的「反射」鏡上，我們看到人類將
宇宙快沉沒的「落日」當作「憂思」心癌的「藥丸」，已是最後
下的一道猛藥，已經面臨不得不說出最後的結局，但不說出來，
還是比說出來更能保留生存繼續有「對質」下去的轉移空間，而
令人從原先的「憂思」，又跌進新的深一層的「憂思」之冥想裡
去，於是也使這詩在建立起具象徵性的知性思考世界，顯得相當
的深刻與著力。

　　在〈老丐〉詩中：

　　清晨
　　遠天冷冷地
　　翻著白眼
　　蹲在牆角下
　　無人理睬的狗尾草
　　葉上瑩瑩的露珠
　　凝聚著
　　昨夜的冷冽

　　作者輕巧地運用相當細緻的「移轉」與「反射」鏡，將清晨的景象，擬人化、同步、且準確的「移轉」與「反射」到老丐的生命存在狀態、命運與情境中來，並充份發揮詩的象徵暗示功能，如「清晨／遠天冷冷地／翻著白眼」，表現老丐一早起來，便開始面對那連天都「翻著白眼」的「白眼」看人低的冷漠世界，接著是老丐被錢財權勢冷落、遺棄、卑微可憐如「蹲在牆角下／無人理睬的狗尾草／葉上瑩瑩的露珠／凝聚著昨夜的冷冽」……詩中的「狗尾草」是「形」與「意」的雙性名詞，一方面，老丐是被遺棄無人理睬的狗尾草，一方面老丐行丐時低頭、彎腰、駝背的可憐相，都「轉移」到「狗尾草」身上，此刻，詩中「葉上瑩瑩的露珠」若視作是「凝聚」在老丐潛在生命與悲苦命運上的看得見的淚珠，則此詩能不被視為是一首溢滿了人性與人道精神的感人至深的作品！？

　　在〈冰〉詩中：

　　是因為冷和硬
　　才透明的麼？

　　我暗地融化
　　為水
　　讓你看清楚
　　流動的我
　　仍是一樣的
　　透明

　　和權使用雙面鏡，將「冰」與「水」異形同質的存在實性
——「透明」，溶合在一起映照在一起，過程是絕妙的。冷硬的
冰的透明，暗地融化為流動的水的透明，這中間，剛與柔一體，
靜與動一體，從這一自然界奇異的變化復又同化的景象，我們便
省覺到屬於存在的一個相當微妙的循環互動系統，甚至影射那同
時存在於人類思想中的「冷靜的知性」與「湧流的感性」的統合
世界，以及暗示出「能縮能伸」的人生境界，可見這首短詩，除
表現詩意象中的微妙畫面，尚透露一個具涵蓋性的生命存在與活
動的純粹模式，是有創意的。

　　在〈詩〉一詩中：

　　　輕聲問你
　　　什麼是詩

　　　你含笑不答

　　　只睬著
　　　屋蓋上
　　　一對依偎的
　　　鴿子

　　他使用的是向內直抒的「直射鏡」，並隨帶象徵性的「反
射鏡」彈頭；是全集中除「澄清的心」詩外，最短的一首；也是
至為迷你、輕巧、精緻與極具「極限」表現的一首詩。語言的簡
明度與自如性都很高，但詩的內涵世界，呈現在快速過來的「直

射」與「反射」鏡中，卻是一座相當精美的詩的立體建築——當
「輕聲問你／什麼是詩」，回答不是聽覺的聲音，而是美妙的視
覺聲音：「你含笑不答／只睇著屋蓋上／一對依偎的／鴿子」。
於是「詩是什麼」，便「直射」到「鴿子」，再由「鴿子」身上
所具有的純潔、和平、自由，以及相「依偎」的愛與海闊天空的
飛越等多面性的境界，「反射」到詩本身存在與活動的立體世
界，終於達成「詩是什麼」的充份回答，也透露出詩應該怎麼樣
來表現，方能保持住詩意。

在〈海邊漫步〉詩中：

> 在海邊堆疊沙堡的人
> 我不看
> 在水中隨波沉浮的人
> 我不看
> 橫行的毛蟹我不看
> 搖尾的野狗我不看
> 只看遠方，那一片
> 讓風雨踩躪後
> 卻報以鮮紅玫瑰的
> 草地

和權使用多面「直射」的「終端」搜索鏡，終於在鏡頭穿
越諸多變化的不足道的人性醜態——包括空幻的「堆疊沙堡的
人」、膚淺的沒有主見的「隨波沉浮的人」、「橫行的毛蟹」般
跋扈的人、「搖尾的野狗」般卑劣與下三濫的人……之後，清

楚看到「遠方那一片／讓風雨蹂躪後／卻報以鮮紅玫瑰的／草地」，以無限超越中的完美與永恆之姿，呈現在「直射」的終端搜索鏡中，使我們隨詩頓悟到老子要世人應從不足道的種種「變道」，走進不可道的「常道」，去守住做為一個正直、捨己與具有久遠存在價值的人之道理，就像那永遠「報以鮮紅玫瑰的草地。」是故，這首詩已提供一座多面透視人存在的巨型望遠鏡，可收視並觀照存在於社會各種不同層面與形態中的人，並做批判性的分類指認，同時也使我們評說和權的詩一直在反映深入的人生，絕非空言。

接著我們來看和權在「鈔票」詩中，以緊迫的「對比」鏡，迫視出名與利最後的對決；在「大川」詩中，以步步推進的「直射鏡」，採取擬人化手法，表現出向前奔湧的不可阻擋的生命之川流；在「隔水天涯」詩中，以花瓣展開式鏡頭，呈現出景物與情思發展中幽美的層次感與連鎖性；在「空罐頭」詩中，同時以「直射」「對比」與「反射」等三組鏡頭，採用反諷手法，表現被指責中的「自以為是」的可笑的人生；在「崖谷」詩中，以「對比」的仰視與俯視鏡，照射出無論人存在於高處的「冷」與低處的「暗」的冷暗中，都一樣隔在無奈的困境裡；在「觀棋」詩中，以相「交射」的分鏡，透過外在景物與事件的觀照，將人世間對立與紛爭的生存實態，呈現在難合的分鏡中，顯得左右為難的，竟是在旁觀棋的旁觀者；在「迷惑」詩中，以「對比」的「交射」鏡，使讀者陷在相對的夾縫裡看世界；在相交射的抗力中，看清判斷力該往那裡下……，以上列舉的這許多詩，都可說是在他同一創作風貌中，均具水準的好作品。

　　此外，在〈小風箏〉、〈不公平的媽媽〉、〈螢火蟲〉、〈小草〉、〈杉樹〉……等小詩中，除也不放過他善用的意象變化鏡，同時溢流著可掬的童趣，便形成詩集中部份相當精彩的童詩創作效果。

　　讀完所有列舉的詩例中，我們確可認證本文開始在綜觀部份，對詩人和權創作世界所做的判定。如果在最後尚要我對作者提出一些具有建議性的意見，我相信不少人都可能有這樣的看法，那就是面對和權創作世界的格局時，難免覺得他應向外擴張，做更大的突破，以擁有更廣闊與繁富的強勢世界，吸取創作更富強的力源，這不但有助他從意象世界中，打出更強的重拳，也有助他一向經營的精彩短詩系列中，所採取的「以小看大」的作法，獲得更充份的資源與實力。其實，和權在本集中所寫的那首具有試探與實踐性的長詩「狼毫今何在」，便是有意或無意中地進行著這項對他有更佳開拓性與展望的創作行為。

國家圖書館出版品預行編目

我忍不住大笑 / 和權作. -- 一版. -- 臺北市
：秀威資訊科技, 2010. 06
　　面；　公分. --（語言文學類；PG0370
菲律賓. 華文風；10）
　　BOD版
　　ISBN 978-986-221-468-8（平裝）

868.651　　　　　　　　　　　99007382

 語言文學類　PG0370

菲律賓‧華文風⑩

我忍不住大笑

作　　　者 / 和　權
主　　　編 / 楊宗翰
發　行　人 / 宋政坤
執 行 編 輯 / 邵亢虎
圖 文 排 版 / 鄭維心
封 面 設 計 / 蕭玉蘋
數 位 轉 譯 / 徐真玉　沈裕閔
圖 書 銷 售 / 林怡君
法 律 顧 問 / 毛國樑　律師
出 版 印 製 / 秀威資訊科技股份有限公司
　　　　　　台北市內湖區瑞光路583巷25號1樓
　　　　　　電話：02-2657-9211　傳真：02-2657-9106
　　　　　　E-mail：service@showwe.com.tw
經　銷　商 / 紅螞蟻圖書有限公司
　　　　　　台北市內湖區舊宗路二段121巷28、32號4樓
　　　　　　電話：02-2795-3656　傳真：02-2795-4100
　　　　　　http://www.e-redant.com

2010 年 6 月　BOD 一版
定價：400 元

‧請尊重著作權‧
Copyright©2010 by Showwe Information Co.,Ltd.

讀　者　回　函　卡

感謝您購買本書，為提升服務品質，煩請填寫以下問卷，收到您的寶貴意見後，我們會仔細收藏記錄並回贈紀念品，謝謝！

1. 您購買的書名：＿＿＿＿＿＿＿＿＿＿＿＿＿＿＿＿＿

2. 您從何得知本書的消息？

　　□網路書店　□部落格　□資料庫搜尋　□書訊　□電子報　□書店
　　□平面媒體　□ 朋友推薦　□網站推薦　□其他＿＿＿＿＿＿

3. 您對本書的評價：(請填代號　1.非常滿意 2.滿意 3.尚可 4.再改進)

　　封面設計＿＿　版面編排＿＿　內容＿＿　文/譯筆＿＿　價格＿＿

4. 讀完書後您覺得：

　　□很有收獲　□有收獲　□收獲不多　□沒收獲

5. 您會推薦本書給朋友嗎？

　　□會　□不會，為什麼？＿＿＿＿＿＿＿＿＿＿＿＿＿＿＿＿

6. 其他寶貴的意見：＿＿＿＿＿＿＿＿＿＿＿＿＿＿＿＿＿＿＿
＿＿＿＿＿＿＿＿＿＿＿＿＿＿＿＿＿＿＿＿＿＿＿＿＿＿＿
＿＿＿＿＿＿＿＿＿＿＿＿＿＿＿＿＿＿＿＿＿＿＿＿＿＿＿
＿＿＿＿＿＿＿＿＿＿＿＿＿＿＿＿＿＿＿＿＿＿＿＿＿＿＿

讀者基本資料

姓名：＿＿＿＿＿＿＿＿＿　年齡：＿＿＿　性別：□女 □男

聯絡電話：＿＿＿＿＿＿＿　E-mail：＿＿＿＿＿＿＿＿＿

地址：＿＿＿＿＿＿＿＿＿＿＿＿＿＿＿＿＿＿＿＿＿＿＿

學歷：□高中(含)以下　□高中　□專科學校　□大學
　　　□研究所(含)以上 □其他＿＿＿＿＿＿＿

職業：□製造業 □金融業 □資訊業 □軍警 □傳播業 □自由業
　　　□服務業 □公務員 □教職　□學生 □其他＿＿＿＿＿

請 貼
郵 票

To：114

台北市內湖區瑞光路 583 巷 25 號 1 樓

秀威資訊科技股份有限公司　　　收

寄件人姓名：

寄件人地址：□□□

(請沿線對摺寄回,謝謝!)

秀威與 BOD

BOD（Books On Demand）是數位出版的大趨勢，秀威資訊率先運用 POD 數位印刷設備來生產書籍，並提供作者全程數位出版服務，致使書籍產銷零庫存，知識傳承不絕版，目前已開闢以下書系：

一、BOD 學術著作—專業論述的閱讀延伸
二、BOD 個人著作—分享生命的心路歷程
三、BOD 旅遊著作—個人深度旅遊文學創作
四、BOD 大陸學者—大陸專業學者學術出版
五、POD 獨家經銷—數位產製的代發行書籍

BOD 秀威網路書店：www.showwe.com.tw
政府出版品網路書店：www.govbooks.com.tw

永不絕版的故事・自己寫・永不休止的音符・自己唱